JN125775

鷗外《オウガイ》
青春診療録控《セイシュンシンリョウロクヒカエ》

本郷の空

山崎光夫

中央公論新社

鷗外　青春診療録控

本郷の空

目次

登場人物紹介

＊前作『鷗外 青春診療録控 千住に吹く風』（二〇二一年八月刊）から引きつづき登場する主要な人物に限った。年齢は明治十四年（一八八一）時点の数え年である。

森林太郎《もりりんたろう》　二十歳。石見国《いわみ》（島根県）津和野に森家の長男として生まれる。森家は代々、津和野藩主・亀井氏に典医として仕えていた。明治五年（一八七二）、父とともに上京。縁戚の西周《にしあまね》邸に寄寓《きぐう》して本郷の進文学社《しんぶんがくしゃ》に通い、ドイツ語を学ぶ。十四年七月に東京大学医学部を卒業。父が開業した橘井堂《きっせいどう》医院で診療を手伝っている。のち鷗外と号す。

森静男《もりしずお》　林太郎の父。四十七歳。津和野藩医・森白仙《はくせん》に弟子入りし、漢方を学ぶ。森家の婿養子に迎えられ、白仙の娘峰子《みねこ》との間に三男一女をもうけた。江戸の松本良順《まつもとりょうじゅん》の塾、次いで佐倉順天《じゅんてん》堂《どう》に学び、蘭学の研鑽《けんさん》を積んだ。明治五年、林太郎を連れて上京。十二年、東京府庁から南足立郡の郡医に命じられたのをきっかけに、向島《むこうじま》小梅村から千住に転居し、橘井堂医院を開業する。

森峰子《もりみねこ》　林太郎の母。三十六歳。

森　清《もりきよ》　林太郎の祖母。六十三歳。

森篤次郎《もりとくじろう》　林太郎の弟。十五歳。東京大学医学部への進学をめざして塾に通っている。

森喜美子《もりきみこ》　林太郎の妹。十二歳。

森潤三郎《もりじゅんざぶろう》　林太郎の弟。三歳。

＊

山本一郎《やまもといちろう》　橘井堂医院の書生。二十三歳。医術開業試験を受けるために準備中。

遠藤徹《えんどうとおる》　橘井堂医院の書生。

賀古鶴所《かこつるど》　東京大学医学部を林太郎と同年に卒業。二十七歳。寄宿舎で同室となって以来、終生の友となった。卒業後ただちに陸軍省医務局に採用され、軍医副（中尉相当）に任官する。

長谷川泰《はせがわたい》　父静男と佐倉順天堂の同窓。四十歳。警視庁で衛生部長を務める。

佐藤元萇《さとうげんちょう》　六十四歳。千住中組に住み、林太郎は漢詩の添削を受けている。

スクリバ　一八四八年生まれ。明治十四年にドイツより招聘され、東京大学医学部のお雇い外国人教師となる。

鷗外　青春診療録控

本郷の空

第一話　一枚板の少年

一

男の話は要領を得なかった。

診察室で話をきいている静男《しずお》は、何とか男の訴えを理解しようと質問するのだが、よく分からない。

横できいていた林太郎《りんたろう》も、もどかしく感じていた。

「息子が一枚板《いちまいいた》になっているのです」

男はふたたび訴えた。

「一枚板？　何のことですか」

静男はきき返した。

「一枚板なのです。先生、往診をお願いします」

男はしきりに額《ひたい》の汗を拭《ぬぐ》いながら往診を求めた。三十代半ばのこの農夫は、首に汚れた手拭いを垂らし、野良着そのままで亀有《かめあり》から走ってきたのだった。男は田上辰一《たがみたついち》と名乗り、その昔、腹痛で一度、静男の世話になったという。静男もそれを記憶していた。

「分かりました。そこで、息子さんの具合ですが、熱や汗は出ていませんか」

静男は田上を落ち着かせるために、故意にゆっくりと問いかけた。

「息子が一枚板になって、身体《からだ》を硬くして寝ているのです」

真っ黒に日焼けした田上の顔の皺《しわ》が話すたびに波打った。

「ですから、熱や汗は出ていませんか。顔が火照《ほて》っているとか、だるそうにしているとかはありませんか」

静男は十二歳になるという息子の症状を少しでもきき出そうと、ふたたび試みた。

「そこは分かりません。身体《からだ》が一枚に硬くなって動かないのです。先生、往診をお願いします」

と田上は往診を急《せ》かした。

「分かりました」

行きましょう、と静男は応じた。

田上は安心したのか、皺だらけの顔をほころばせながら乱杭歯《らんぐいば》をむき出しにして、

「お願いします」

と何度も頭を下げ、亀有の住まいを知らせて診察室を出ていった。

二

田上が帰ったあと、静男は、

「息子さんは痙攣《けいれん》を起こしているようだ」

と言った。

「脳症や癲癇《てんかん》、中毒などが疑われますが……」

林太郎は自分の診断を口にした。

「うむ。だが、父親は目立つはずの高熱については触れていない。ただただ、一枚板の一点張りだ」

「身体《からだ》が一枚の板のようになって、硬直して動かない様子をしきりに訴えていました」

「これはどうやら、そりのやまいのように思える」

林太郎はどうだ、と静男は問いかけた。

「わたしもそう思います」

古名で「そりのやまい」というのは、破傷風《はしょうふう》を指す。

「一枚板とは、言い得て妙だ」

静男は感心の態《てい》だった。

この時代、破傷風の原因は不明だから、治療法も確立していなかった。もっぱら症状を緩和する対症療法しか対応策はない。致死率は非常に高く、罹《かか》ったら、まず助からない病気の一つだった。

「田上さんは病名すら知らないでしょう」

しかも、田上はここまで重大な病とは認識していないだろう、と林太郎は思った。

「治療は急ぐべきですね」

林太郎の認識だった。

「まったくだ。めったに出合う病気ではない」

と静男はそう口にして、椅子に座り直すと、

「どうだろう、林太郎、行ってくれないか」

と言った。

「わたしがですか……」

林太郎は戸惑《とまど》った。頭から父が往診すると思っていたので、その提案は意外だった。しかし、一方で、珍しい病気であり、実際に診《み》た経験もなかったので、好奇心は覚えていた。

「お忙しいのですか」

父が行かない理由が思いつかなかった。

「うむ。それはある。地区医師会でコレラ対策の係に選ばれそうなのだ」

この頃、東京では数年にわたりコレラが蔓延《まんえん》し、庶民を恐怖に陥れていた。二年前の明治十二年（一八七九）九月には駒込《こまごめ》にコレラ専門の避病院《ひびょういん》が建てられたほどだった。地方でも行政の不手際や物価の高騰で暴動が起きていて、〝コレラ一揆《いっき》〟と呼ばれた。伝染病のコレラが日本中に社会不安を起こしていた。

静男は当局から郡医の指定を受けていて、地域医療の担い手でもあった。貧民救済のため無料診療に積極的に携わり、週に二日を施療日《せりょうび》に当てて近在の住民から信頼されていた。静男が検疫医としてコレラの対策要員に選ばれても不思議ではなかった。

「それと……」

と静男は言いにくそうな様子だった。

林太郎はただ父の言葉を待っていた。

「そりのやまいは苦手なのだ。林太郎が診てくれると助かる」

と言った。

「分かりました」

林太郎は往診に同意した。静男の苦手という言葉に、対応策を持ち合わせていない父の不安と苦悩を感じ取っていた。一方、林太郎は破傷風について、最新医学を修得する過程で一応、その病態を学んでいた。ただ、原因不明の病気でもある破傷風の患者に、父以上の治療ができるか自信はなかった。

「行ってみます」

治療への不安より、父の求めに応えたいという気持ちのほうが強かった。

「助かる。林太郎」

と静男は小さく頭を下げた。

林太郎は早々に田上の家に出かける準備に入った。

すると、静男は、

「林太郎、今回は山本と一緒に行くといい」

と診察室を見回した。だが、山本の姿はない。

「山本なら、さっき遠藤と連れ立って往診に出かけました」

林太郎は書生の二人が部屋から出ていく後ろ姿を見ていた。

「おかしいな。山本には頼んだ覚えがないが……」

静男は当てが外れたのか珍しく不機嫌そうだった。林太郎を一人で行かせたくなかったようである。

「遠藤が同行を頼んだのでしょうか」

「さて、どうかな。二人で行くような患者ではない。山本はこのところちょっとおかしいな」

と静男は言った。

「どうおかしいのですか」

林太郎は静男の疑問が分からなかった。

「そうだな、ちょっと、仕事に身が入っていないというか……。やる気を失《な》くしているようにも見える」

「そうですか」

林太郎は感じていなかったが、言われてみれば、もともと陽気な山本はこのところ確かに影が薄かった。

「でも、父上、今日の往診はわたし一人で大丈夫です」

「そうか。では、頼む。俥《くるま》を使いなさい」

静男は人力車を勧めた。最近、橘井堂《きっせいどう》医院では患者が増加し、往診の機会も増えて、車夫として定吉《さだきち》を雇い入れ、俥小屋まで建てていた。

「父上、亀有はわたしにはそう遠くありません。歩いていきますよ」

亀有までは千住《せんじゅ》から北東の方角に四キロほどの距離だった。十分歩けるから、俥は贅沢《ぜいたく》だった。

「いや、俥がいい。今日は風も強いしな」

強い南風が吹き、庭木がしなって激しく揺れるのが窓越しに見えた。

「分かりました」

林太郎は父の配慮に感謝しつつ、亀有の田上の家に向かった。畑の中を走る俥は風と埃《ほこり》にあおられ、車夫の定吉は何度も立ち止まった。蒸し暑さも加わり、難儀の末、ようやく田上家に着いた。林太郎は俥から降りて、作務衣《さむえ》の埃を払い、乱れた髪を整えた。

三

田上の家は裕福な農家によくある造りだった。門の左右に生垣《いけがき》が伸び、広い敷地を囲んでいる。門の中は玄関まで広々とした前庭があり、日が明るく当たっていた。

林太郎が藁葺《わらぶ》き屋根の家に向かい、玄関戸を叩《たた》いて中に呼びかけると、すぐに田上辰一があらわれた。

田上は若い林太郎が頼りなげに見えたのか、

「大先生《おおせんせい》ではないのか」

ときこえよがしにつぶやいた。

「わたしが代理で来ました」

破傷風なら自分のほうが対応できるとは言えなかった。

「息子さんの病気のことは、診察室でわたしも一緒にきいていました」

「そうでしたか。では、どうぞ」

そう言いながら、田上はまだ不信げに林太郎を眺め回してから、室内に招き入れた。

中に入ると、広い座敷が見渡せた。

その畳の間《ま》に煎餅《せんべい》布団が敷かれ、病人が寝かされていた。その周囲を家族が三、四人取り巻いて座っている。寝ている病者の白い浴衣《ゆかた》が印象的に目に入った。

「お医者さんが来たぞ」

と田上は家族に呼びかけた。だが、誰も反応せず、迎えにも出てこなかった。

林太郎は駒下駄《こまげた》を脱いで、片足を敷居に上げた。

その瞬間だった。少年が寝床の上で、突然跳ね上がった。

林太郎はその反応に、片足を踏みかけたままで動きを止めた。足の運びが床を伝わり、少年に痙攣発作を誘発させたのである。田上家の家族が林太郎を迎えなかったのは、農家の無礼でも何でもなく、静止したままで子に刺激を加えたくなかったからだった。

林太郎は息を殺して、そっと寝床に歩み寄った。そして、入念に息子を望診《ぼうしん》した。息子の顔はひどく日に焼けていた。全身の筋肉が緊張して、身体《からだ》は板のように硬くなっていた。

——なるほど。一枚板だ……。

林太郎は胸の中でつぶやいた。

身体《からだ》が些細《ささい》な刺激を受けると反応して、痙攣を起こすのだった。歯をくいしばっていて、鼻に無数の汗の玉が噴き出ている。医学部で学んだばかりの、破傷風に見られる症状があらわれていた。

——破傷風に間違いない。

林太郎は手を触れずに、可能な限り診察を続けた。

母親が脇から、心配そうに、

「先生、これは何の病気ですか」

ときいた。

「そりのやまいと思われます」

と林太郎は言った。

「そりのやまい、ですか……」

「何かの菌が侵入して身体《からだ》に悪さをする病気です」

「良くなるのでしょうか」

「珍しい病ですが、全力を尽くします」

良くなるとは断言できなかった。致死率も高く、救命自体、難しい病気である。それが現実だったが言えなかった。

「この辰助《たつすけ》は大事な一人息子なのです。何とか治してください」

と母親は林太郎の腕をつかんで訴えた。

「全力を尽くします」

林太郎は繰り返した。全力とは、自分に投げかけた言葉でもあった。医学知識と経験を総動員して診るつもりだった。

——頼るのは自分一人。

このとき、林太郎は医者としての責任をかつてないほど強く自覚した。

「辰助は毎日、裏の池に入って魚とりや泳ぎに夢中でした。それがいけなかったのでしょうか」

母親は原因が気になるようだった。

「さて、それはどうでしょう。よく分かりません」

確かに息子は身体《からだ》中、傷だらけで、そのどこから病原菌に侵されてもおかしくない状態だった。

「では」

と林太郎は治療に入った。不安が渦巻いてはいたが、一つの治療方針を立てた。

林太郎は薬籠《やくろう》から用意してきた抱水《ほうすい》クロラールを取り出し、湯呑《ゆの》み茶碗に溶かした。抱水クロラールは、最新医学の分野で初めて開発された合成の催眠鎮静剤である。この時代、破傷風に用いられる唯一ともいえる薬剤だった。その鎮静作用により、患者の硬直や痙攣を緩和、軽減させる効果が期待できた。しかし、それが治癒に結びつくか否かは、患者の体力や病状の進行具合などが大きく影響する。

林太郎は、薬液を息子に飲ませるよう母親に言った。息子はこぼさずにすべて飲みきった。

この薬液でしばらく様子を見ることとし、明日も往診する旨《むね》を伝えて林太郎は田上家を辞した。

四

強風はまだおさまっていなかった。定吉は汗と埃にまみれて俥を走らせ、診療所に戻った。

「こういう暑い日は、風が強いほうが気持ちのいいものです」

と定吉は笑いながら、首筋に流れる汗を手拭いで拭いていた。五十代半ばの元気な車夫だった。

林太郎が診察室に戻ると、書生の山本が一人、ぼんやりと窓の外を眺めていた。

「ただいま」

林太郎が声をかけると、驚いたように山本は振り返り、

「お帰りなさい、若先生」

と言った。

「大先生はどうした」

「先生でしたら、たった今、遠藤を伴って往診に出かけました」

「そうか……」

と応じながら、林太郎は薬籠を棚に戻し、

「今、わたしは亀有の往診から帰ったのだが、大先生は山本、きみと一緒に行かせようと思ったよ

うだ。だが、きみは遠藤とともに出かけたようだな」

ときいた。

「申し訳ありません」

山本は頭を下げて、

「ちょっと遠藤さんに相談したいことがありまして……」

と口を濁した。

「どんな相談なのかね」

林太郎は問いかけた。普通ならそこまできかないのだが、静男から、山本がやる気を失くしているように見えるときいていたので、気になったのである。

「それなんですが……」

「どうした」

林太郎は問いかけた。

それでも山本はしばらく黙っていたが、

「医者になれるのだろうかと思っているのです」

と弱々しく言った。

「医者に……」

林太郎には意外だった。何を今さら、という気がした。

「試験の準備は着々と進んでいるではないか」

この時代、大学に行かずに医者の資格を得るには、医術開業試験に合格する必要があった。

そのための予備校もあったが、山本のように医家に書生として住み込み、医者の手伝いをしながら医学を学ぶ若者もいた。山本は橘井堂医院で、もう二年ほど医学の研鑽《けんさん》を積んでいた。

林太郎はその勉強ぶりを見ていて、無難にこなしていると考えていた。

「試験も心配ではありますが、その前に、自分に医者になる資格があるだろうかと考えてしまうのです」

山本は真剣に問いかけた。

「なるほど……」

林太郎はうなずきながら、静男の懸念が理解できた。山本はこのところ、心ここにあらずという状況なのだろう。

「漢方医の父にすすめられ選んだ道ですが、人の命を預かる気構えを問われると……」

自信がないのです、と山本は言った。

林太郎は同世代の山本に、医者としてどう伝えたらよいか思案した。

「それはわたしとて同じだ」

と言った。

「えっ、そうなんですか」

「そうだ。医者を志した者がだれでも通る道かもしれない」

「そんなものでしょうか」

山本はうなずいたものの、半信半疑の態で薬剤室のほうに向かっていった。

その夜、帰宅した静男に田上家への往診を報告した。

「やはり、そりのやまいだったか」

静男は納得したようだった。

明日も田上家へ往診する予定を父に伝えて、林太郎は自室に向かった。風はまだ強かった。

五

その後、林太郎は連日、亀有の田上家へ往診に出かけた。静男の指示もあり、山本を同伴していた。

座敷ではいつも家族が、臥《ふ》せった辰助を取り囲み、心配そうに覗《のぞ》き込んでいた。

辰助は破傷風による痙攣発作の間隔が次第に長くなっていて、やや快方に向かいつつあると見受けられた。だが、翌日には高熱が出たりと、まだ油断はできない状態だった。

診察が終わると、母親は決まって、

「先生、辰助は治るのでしょうか」

と真剣に問いかけた。額にはほつれた髪が垂れ下がっていて、やつれた顔に看病疲れが滲《にじ》み出ていた。

「少しずつ良くなっているように思います」

林太郎の実感だった。

この日、辰助少年の熱はひき、硬直も治まりつつあった。

林太郎は医学部で学んだ最新医学の知識を、身をもって実践していた。新薬である抱水クロラールが効果を発揮しているようだった。救命できるか否かは紙一重である。

あとは辰助少年の体力次第、さらに、病状の経過次第だった。林太郎にも先は見通せなかった。

「お粥《かゆ》と鶏卵は欠かさないでください」

ここにきて、栄養の摂取が肝心だった。体力の有無が生死を別《わか》つ分岐点だと考え、滋養強壮食品の山芋やニラ、納豆、豚肉、鰻《うなぎ》なども勧めた。

「分かりました」

母親は神妙にうなずいた。

「ところで、ご主人は？」

往診しても、いつも主人の辰一の姿がなかった。橘井堂医院に野良着のまま駆けつけて、あれほど激しく往診を懇願した父親である。息子の病状は人一倍気がかりなはずだった。それがいつも見当たらないのである。

「いません」

母親は申し訳なさそうにつぶやいた。

「お仕事ですか」

近くの畑に出ているのなら、診察中は帰ってきて、一緒にそばにいてもよさそうなものだと思った。それとも、院長の静男が来ないで、若造医者が診ているので同席しても無駄だと考えているのか。

「畑仕事もありますが、先生に初めて診てもらって以来、帰ってきていません」

「帰らない？」

「どこかで寝泊まりしているのだと思います」

「そうですか……」

何か理由がありそうで林太郎はきかなかった。

やがて、母親は、

「主人はきっと見たくないのです」

と言った。

「見たくない？　何をですか」

「辰助です」

「お子さんを……」

「息子が苦しむ姿です」

母親はそう口にしてから、

「主人は野原を飛び回っている元気な辰助が好きなんです。苦しむ姿を見ていられないのでしょう」

わたしもできれば見たくありません、と悲しそうに言った。

林太郎は母親の哀《かな》しみをあらためて知った。もちろん、病者が最もたいへんなのであるが、看病する家族の心労や苦悩も計り知れない。

母親はさらに続けて、

「主人は息子を病気にしたのは自分だとも感じて落ち込んでいます」

と言った。

「どういう意味ですか」

林太郎はたずねる。

「井戸を埋めてしまったのを後悔しています」

庭に掘った井戸が涸《か》れてしまったので、畑の土で埋めたのだった。それをきいた近所の人が、祟《たた》りに気をつけよと助言したという。水場である井戸は神聖な場所とされている。

「その井戸を埋めると罰《ばち》が当たるといわれ、後悔したのもつかの間、息子の辰助がこんな病気に侵されてしまったのです」

「しかし……」

と言いかけて、林太郎は口をつぐんだ。そんな迷信に振り回されるのは愚かではないか、と指摘しようと思ったのだが、やめた。

「主人は自分が息子を難病に陥らせてしまったと後悔しているのです。これは祟りだ、罰が当たったと」

「医者として申し上げれば、今回の息子さんの病気は祟りが原因とは考えられません」

林太郎はきっぱりと否定した。

その上で、

「息子さんは徐々に回復しています。あと一息です」

と母親に念を押した。油断を戒め、励ましも加味したつもりだった。それは林太郎自身に向けた言葉でもあった。

少年の病は確かに難病である。回復するか否か、依然として不透明だった。それが現実である。

林太郎は、薬を決められた時間に与えるよう母親に再確認して、田上家を辞した。

六

一日の診療を終えて林太郎が診療録を整理していると、その日も静男が、

「例の一枚板の少年の具合はどうだ」

ときいてきた。静男は少年の病状を気にかけていた。

林太郎は、抱水クロラールが効を奏して、まだ油断はできないものの、徐々に快方に向かいつつある旨を伝えた。

「そうか。それはひとまず何よりだ」

良かった、と静男は喜びを口にし、

「新薬というのは驚くべき効果を上げるものだな」

と納得顔だった。

「医者として、ありがたいことです」

林太郎の率直な感想だった。治療薬という武器を持っているのは医者として最大の強みだった。ここで林太郎は良い機会と考え、以前から父にきこうと思っていた疑問を投げかけた。

「父上はなぜわたしに、このたびの治療を譲られたのですか」

静男はしばらく考えていたが、

「あのとき話したと思うが、わたしには破傷風を治す自信がないのだ」

と言った。

林太郎は黙って受けとめていた。

「破傷風に対し、過去にいろいろ挑戦を試みたものだ。まず、漢方を用いてみた」

芍薬甘草湯《しゃくやくかんぞうとう》を処方したという。急激な筋痙攣《きんけいれん》に伴う疼痛《とうつう》に対して用いられる方剤《ほうざい》だった。

「だが、痛みは抑えられたが命は救えなかった」

と静男は言った。また、大承気湯《だいじょうきとう》が良いという助言を得て試みてみたが、効果は上がらなかった。

「そこで使ったのが阿片《アヘン》だ」

と言った。

阿片は体内に起こる痙攣を一時的に抑えて、安静を保たせる作用がある。すると、やがて体内で毒素に対する抵抗力が生まれてくる可能性が期待できる。しかし、阿片には特有の害がつきものだった。

「阿片は優れた効果を上げた。だが、それも万能ではなかった。途中で諦めた例も多かった」

静男はしばらく目を閉じていた。過去の苦い思い出を回想しているふうだった。

林太郎は父親の古傷を暴いたようで居心地が悪かった。

やがて、静男は、

「自分で自信のない症例は抱え込まないで、少しでも希望の持てる医療に委ねるのが良策ではないかと思う」

と言った。

「少しは父上のお役に立てたなら、受けた甲斐《かい》もあります」

「もちろんだ。助かっている。少年には治ってほしいが……」

静男は林太郎の治療に期待していた。

「ところで、田上少年の父親ですが、息子をそりのやまいにしたのは自分だと後悔の念に苛《さいな》まれているのです」

林太郎は、少年の母親からきいた、涸れた井戸を父親が畑の土で埋めたという話を語ってきかせた。

「祟りで破傷風に罹った、と父親は信じているのです。まったく理屈に合わない話で、迷信に振り回されているとしか思えません」

「そうかな」

と静男は疑問を呈した。

「えっ、父上は迷信を認められるのですか」

林太郎は驚いた。

「その昔、僧侶が医者を兼ねていたときもあるし、巫者《ふしゃ》が医者の役を務めていた時代もある。迷信を嗤《わら》ってはならない」

「それはそうですが……」

林太郎は納得できなかった。

「病気に罹ると、病者本人も周囲も、原因はどこにあるのかと詮索《せんさく》したがるものだ。その理由がよく分からないとき、祟りや迷信を考えるのは仕方のないことだ」

静男は諭すような口ぶりだった。

「そうですか……」

林太郎はつぶやいていた。

「祟りを取り除くのも、医者の務めの一つかもしれない」

と静男は言い、

「神聖な井戸を埋めるにあたって、昔から伝わっている祟りを取り除く方法がある」

と付け加えた。

「そのような方策があるのですか」

「以前、植木職人からきいた話だ。埋めた井戸の跡に梅の木を植えれば、難を逃れられるといっていた」

〝梅〟は〝埋め〟に通じ、また、松、竹とならんで慶事に用いられるから厄除《やくよ》けになるのだろう、と静男は言った。

林太郎は、

「そうなのですね」

とうなずいた。それで当事者が納得するなら、安心につながるだろうと思った。

林太郎は、梅の木の話を田上家に提案してみます、と静男に伝えて診察室を後にした。

七

数日後、林太郎は山本とともに田上家に往診に出かけた。

辰助少年の具合はかなり良くなっていた。痙攣発作はおさまり、熱もひいていた。

家族も安心したのか、みんなで取り囲む様子はなく、母親一人が付き添っていた。

林太郎はあらためて抱水クロラールの効果を認識し、新薬に感謝した。

林太郎が布団の辰助少年を覗き込むと、

「先生にききたいことがあるんだ」

と辰助が言った。病は癒えつつあり、声にも張りがあった。

「ほう、何だろう。いってごらん」

と林太郎は穏やかに語りかけた。

「先生はどうしてお医者さんになったの」

と少年はきいた。

林太郎は不意を突かれた思いだった。

——なぜ医者になったのか。

森家は代々医家の家系。医者になることに何の疑問も持たなかった。生まれたときから医者の道は決まっていた。迂闊《うかつ》といえば迂闊だった。しかし、ここでそう話すわけにはいかない。

「どうしてそんなことをきくのだね？」

林太郎は問いかけた。

「ぼくは大きくなったらお医者さんになるんだ」

「そうか。どうしてそう決めたのかな」

「おばあちゃんがお産婆さんをしていて、それで決めたんだ」

「ほう、おばあさんが産婆さんを。それがどうして医者を目指すことになるのかな」

「お産で赤ちゃんが産まれるんだけど、赤ちゃんの泣き声がきこえないことがあるんだ」

「きこえない？　どうしてかな」

「おばあちゃんにあとできいたら、死んで産まれたり、産まれてもすぐ死んだりするらしい。それがたくさんあるんだ」

「それで医者になって救いたいと思ったのだね」

「赤ちゃんを助けたいんだ」

少年は真剣だった。

このとき、林太郎はおのれの医療行為を振り返った。無意識だが、救いたい、とそれ一心で患者に接しているのに気づいた。誰に習ったわけではないが、自然と患者に寄り添っている自分に気づいて、我がことながら安堵《あんど》した。目の前の破傷風の少年を治したのも、無我夢中の救済精神からだった。

「先生も辰助くんと同じだ。赤ちゃんを救いたいと思う気持ちと同じ気持ちで、先生は医者になったんだ」

林太郎の本心だった。

この日、母親にふたたび服薬指導を行い、田上家を出た。

翌日も林太郎は山本を同行して田上家へ往診した。

この日は風が強く、林太郎は初めて田上家を訪ねた日を思い出していた。振り返れば、これまで、炎天下の日もあり、ひどい夕立に遭った日もあった。

亀有までの道で、

「先日、大先生から叱られました」

と急に山本は言った。

「薬の調合を間違えてしまったのです」

漢方薬の処方で附子《ぶし》を倍量出してしまったという。附子はキンポウゲ科、トリカブトの塊根《かいこん》を加工した生薬《しょうやく》で、強心、鎮痛などの作用がある。だが、使用を誤ると死を招く危険な薬剤だった。

「大先生の指摘で何とか事なきを得て助かりました。集中力が欠けていました」

山本は強く反省していた。

先日、山本は、人の命を預かる気構えを問われると自信がない、と悩みを話していた。そうした気持ちが集中力を失わせていたのだろうと林太郎は推測した。

「じつは、若先生とご一緒し、新しい医学で挑戦して破傷風を治癒に導いている姿を拝見し、感じ入っていました」

山本がいきなりそう切り出した。

「破傷風は難病です。まず救えないと思っていました」

「最善を尽くした。それだけだ。山本ならどうする？」

山本は足を止め、黙っていた。

「どうなのかね」

林太郎も立ち止まり、振り向いて重ねてきいた。

「もてる力を尽くしたいと思います」

山本は控え目に口にした。だが、そこには強い意志が感じられた。

「そうか……」

と林太郎はうなずいて歩き始めた。安心した、と付け加えたかったが、それは抑えた。山本も苦しむ患者を目の前にしたら、救いたいの一心で立ち向かうだろう。知識や技術はあとからどうにでもなる。どうにもならないのが心だ。彼にはその心が備わっているような気がした。

田上家に着くと、

「辰助がお世話になっています」

と父親が深々と頭を下げて出迎えた。

先日、妻に古井戸の跡に梅の木を植える方法を伝えたが、この日の父親の態度を見ると、祟りの呪縛から吹っ切れたように見えた。

辰助少年のそりのやまいは、抱水クロラールの治療により、半月ほどで治った。林太郎は、薬効と少年の体力、それに、幸運に感謝した。

帰宅して、静男に経過を報告した。

「そうか。それは良かった」

静男は安心したようだった。

「考えてみれば、人間の身体《からだ》は一枚板のようなものだな。割れたり、裂けたり、折れたりするものだが、しなりをみせて持ちこたえもする」

絶望してはならない、と言い、

「林太郎によって、今回、あらためてそれを学んだ」

礼を言うと静男は微笑《ほほえ》んだ。

林太郎は一人前の医者になった気がして、弾んだ気分で自室に向かった。そして、今回の出来事が山本の心の糧《かて》となることを願った。

第二話　稲田の風景

一

「兄上、いつになったら連れていってくださるのですか？」

妹の喜美子《きみこ》が急に話しかけてきた。

橘井堂《きっせいどう》医院が休診の今日、林太郎は午前中の調べもので少々疲れ、居間でごろりと横になって、うとうととしていたのである。

「なんだ、いきなり。どうしたというのだ」

林太郎は目を開けて喜美子を見つめた。

「やっぱり、兄上はお忘れですね」

十二歳で、まだあどけなさが残る喜美子は、珍しく口を尖《とが》らせている。

「わたしが忘れている？　何か約束でもしたかな」

「以前、掃部堤《かもんづつみ》に出かけたとき、今度は堀切《ほりきり》の菖蒲園《しょうぶえん》に行こうと、確かに約束してくださいました」


喜美子がそう言うのをききながら、林太郎は起き上がった。記憶が甦《よみがえ》っていた。

――ああ、そうだった。

掃部堤の茶屋で葛餅《くずもち》を食し、その帰り道に菖蒲園行きを約束したのを思い出した。

すっかり忘れていた林太郎は、そうとも言えず、

「覚えているよ。なかなか時間がとれないだけだ」

とあわてて取り繕ったが、喜美子には通用しない。

「では、早速ですが、今日などいかがでしょう」

「えっ、今日か」

「善は急げというではありませんか。兄上」

「それはそうだが……」

林太郎は積極的な喜美子にいささか驚いていた。だが、それだけ菖蒲園行きを心待ちにしていたのだろう。そう考えると、妹の希望を叶《かな》えたいという気持ちが芽生えてきた。

「そうだな。天気もいいし、今から行くか」

だが、菖蒲の見頃は六月。今は時季はずれだった。そこで、どうせ植物園に行くなら、萩《はぎ》が盛りの向島《むこうじま》の百花園《ひゃっかえん》行きに変更しようと提案した。

喜美子はとたんに気を良くして、兄上におまかせします、と外出を母に知らせに走った。

向島の百花園は、文化年間に骨董商の佐原鞠塢《さはらきくう》が開いた梅園がもとになっている。文人たちに愛されて、その後、多くの草木類《そうもく》が植えられた。泉水、園路、建物なども次第に充実し、やがて庶民に開放されて、憩いの場所として親しまれるようになった。千住からは南東へ四キロほどの距離にある。

母からの許しも出て、二人は一時間ほど歩いて百花園に到着した。萩が見頃の時季で、紅紫色《こうししょく》の小さな花が少しずつ散り始めて小径《こみち》を淡く染めていた。

喜美子はまだまだ幼いところがあり、うれしそうに花びらを手のひらに掬《すく》っては微笑《ほほえ》んでいる。

林太郎は池のほとりの石に腰かけ、遠目に喜美子を眺めていた。

——楽しそうだな……。

こうして、妹と連れ立ってゆっくり散歩ができる日が、これから何度訪れることだろう。そう考えると、今日という日がとてもいとおしく思われる。

喜美子が手のひらの花びらを撒《ま》きながら帰ってきた。

「そういえば、兄上、つい先日、賀古《かこ》さんが近々千住に来るとお話しされていましたが、いつ頃になるのですか」

友人の賀古鶴所《つるど》から数日前に手紙が届き、話したいことがあるので、近いうちに千住を訪問すると伝えてきていた。

「さて、いつになるか。気まぐれな男だから……」

林太郎にもいつになるか分からなかった。

「そうですか」

喜美子は寂しそうに声を細めた。

「喜美子は賀古のことが気になるようだな」

「お話ししていて楽しいですし、何でもよくご存じで、少しも退屈しません」

「そうか」

林太郎はうなずきながら、喜美子と賀古は気が合っていると思った。

「便りの文面から察するに、賀古はいずれ近いうちに必ず来るはずだ」

もしかしたら明日かもしれない、と林太郎は気休めとは知りながら付け加えた。

すると、喜美子は、

「そう。それはよかった」

とうれしそうに言うと、ふたたび萩の花びらが散っている小径に向かって走っていった。

林太郎はその後ろ姿を目で追った。今日、急ではあったが、植物園行きの約束を果たせてよかったと思った。進路の定まらぬ自分にとっても、良い気分転換になっていた。

二

その翌日、診察の終わった橘井堂医院に賀古鶴所が訪ねてきた。もしかしたら明日かもしれない、と当てずっぽうに言ったものだが、本当にあらわれたので林太郎も少し驚いた。

「久しぶり」

と賀古は軽く手をあげて近づいてきた。その手は大きく武骨だった。

「変わらずやっているようだな」

賀古は林太郎を上から下まで見渡して言った。

「賀古も元気そうだな」

「ああ、貧乏暇なしだ」

賀古はぎこちなく笑った。

「ところで、今日は何の用だ」

手紙はもらっているものの、賀古の用件が思いつかなかった。

「そこなのだが、森は黒江隆行《くろえたかゆき》を覚えているか」

賀古がきいた。

「もちろんだ。覚えている」

医学部本科三年生のとき、急に退学した五歳年上の男だった。寄宿舎時代に交流があった。

「黒江とは芝居や鰻屋《うなぎや》によく出かけたものだ」

彼が大学を辞めてもう三年になるか、と賀古は当時を思い返すように、遠くに目をやった。

「その彼から便りが届いて、時間があったら家に来ないかという誘いだ」

「どういう風の吹き回しだ」

「これまでも何度か手紙はもらっていたが、今回は渡良瀬川《わたらせがわ》に咲き乱れる葦《あし》の紫色の群生を見るのも一興、と勧めてきている」

「ずいぶん風流な話だな。そんなに優雅な男だったかな」

「いやいや、鰻丼《うなどん》を喉を鳴らしながら三杯たいらげる男だ。風流からは程遠い」

「なおさら不思議な誘いだ」

「よく分からないが、故郷《くに》に帰り、刺激がないらしい。昔の仲間との時間を懐かしく思い出したのではないかな」

「そうか……」

地方に戻ると、そういう感情も湧くだろうと思った。もし自分が津和野《つわの》に帰ったら、同じような気持ちになるだろうと想像された。

「黒江の故郷《くに》はどこだったかな」

「茨城の古河《こが》だ」

「古河か……」

林太郎は頭に茨城県の地図を描いた。古河は県の西端にあり、埼玉県や栃木県と接している。

「確か、父親が体調を崩して、帰郷せざるを得なかったときいたが」

「そうだ。その上に、稲作のほかに茶の栽培を始めたばかりで、経営上の困難を抱えていたようだ」

「そうだったのか」

学生が大学を中退する話は珍しくなかったが、黒江の詳しい事情を林太郎は初めて知った。

「そこでだが、おれは黒江の誘いに乗ろうと思っている」

賀古は決めていたようだった。

「ほう」

林太郎はただうなずいた。

「今度の休みに古河に行くつもりだ」

と賀古は言って、一息入れ、

「どうだ、森も一緒に行かないか」

と誘った。

「えっ」

と林太郎は息を呑《の》み込んだ。急で意外な提案だった。

「渡良瀬川に咲く葦の花の群生。いいではないか」

賀古は楽しそうに口にした。

林太郎はどう答えたものかと思案した。

「おれも、勤めに入ってからここまで休みなしに来た。少し息抜きしてみたいと思っている」

賀古はそう話して、

「どうだ、森も行ってみないか」

とふたたび言った。

林太郎は考えていた。決断がつかなかったが、さりとて、すぐに断る気持ちになれない自分がいた。

賀古は林太郎の逡巡《しゅんじゅん》を無視するように、

「古河は遠いのだが、幸い船便があるから助かる」

と言って、

「覚えているか、二年前に国府台《こうのだい》に船で出かけたのを」

ときいた。

「もちろんだ。覚えている」

秋風の吹く心地良い日だった。同級生の賀古鶴所と緒方収二郎《おがたしゅうじろう》ともども、戦国武将の里見義弘《さとみよしひろ》が北条氏と戦った古戦場跡を訪ね、干し魚を肴《さかな》に酒を酌み交わしながら、天文《てんぶん》から永禄《えいろく》年間にかけての歴史をあれこれ語り合った。帰り道、ついでに真間手児奈《ままのてこな》の祠《ほこら》（現、千葉県市川市真間）に詣でた。手児奈は万葉の歌人、山部赤人《やまべのあかひと》や高橋虫麻呂《たかはしのむしまろ》も詠んだ伝説上の美女である。男たちに慕われ、その求婚者の多いのに煩悶《はんもん》し、入水《じゅすい》して果てたといわれている。悲劇の女性に思いを寄せ、林太郎自身も漢詩を一首作ったものだった。

「古河はあの国府台からそのまま船で行ける」

そう言って、賀古は旅程の難儀を否定した。

林太郎は迷っていた。

そのとき、ふと昨日出かけた百花園を思い出した。喜美子は楽しそうに萩の花と戯れていた。喜美子と過ごす時間が貴重でいとおしく感じられ、百花園行きは楽しい思い出となった。考えてみると、賀古との遠出らしい遠出は、国府台への歴史探訪だけだった。これから先、賀古と一緒に出かける機会がどれだけあるだろうか。

——できるときにやっておかねば。

そう思ったとき、気持ちが決まった。

「古河に行ってみよう」

林太郎はそう口に出していた。

「そうか、行くか。それはいい」

賀古はうれしそうな表情だった。

だが、急に、

「一つ気がかりなことがある」

と言った。

「何だ」

林太郎は何も思いつかなかった。

「船は苦手なのだ。酔ってしまう」

「そんなことか」

「今のおれはすぐに薬が手に入らない」

「では、酔い止めの薬を用意しよう」

粗野に見えて、案外、繊細な面があると思った。漢方の五苓散《ごれいさん》の処方を考えていた。

「助かる。酔うと胃袋まで吐き出したくなるのだ」

賀古は故意に顔を歪《ゆが》めてみせた。

それから二人は日程の調整を約束して、この日は別れた。

三

九月末のある朝、林太郎と賀古は隅田川にかかる新大橋《しんおおはし》（現、東京都江東区新大橋）で待ち合わせて蒸気船に乗った。林太郎は父の静男に休暇の了解を得ての旅だった。この船着場から東京湾に出て、江戸川を遡《さかのぼ》った。国府台を右手に見ながら通過して、江戸川は関宿《せきやど》でようやく利根川に合流する。さらに夜通し上り、古河に向かった。

古河に着いたのは、翌朝の五時頃だった。

幸い賀古は林太郎の用意した薬で船酔いせず、茶店で簡単な朝食を摂《と》った。あたりは一面、暗紫《あんし》色《しょく》の葦の花穂《かすい》が揺れている。

「これが黒江隆行の勧めた葦原か……」

賀古は頭《こうべ》をめぐらし、渡良瀬川の河川敷に広がる葦の群生を見渡した。

「確かにこの風景は一見に値するな」

賀古はしきりに感嘆した。

林太郎も吹き渡る風を爽快な気分で頬に受けていた。見上げると、獲物を狙っているのか、大型の鳥が大空を旋回していた。

やがて、黒江隆行が日焼けした顔に笑みを浮かべながらあらわれた。大柄で体格の良かった男が、さらに筋肉がついてたくましくなっていた。

三人は握手を交わし、しばし再会を喜び合った。そして、黒江の手配した人力車で黒江家に向かった。

俥《くるま》が河川敷を離れるや否や、見る見るうちに眼前は黄金色《こがねいろ》に変わった。

――これは……。

林太郎は一瞬息をのんだ。見渡す限り稲田が広がっていた。頭《こうべ》を垂れた稲穂が金色に輝き、どこまでも風に波打っている。まるで稲がみずから光を放っているかのようだ。

「すばらしい。こんな光景は初めてだ」

ようやく林太郎は感激を口にした。津和野や千住で目にした稲田とは桁違いの規模だった。

「そうですか。わたしにとっては子どもの頃から見慣れた景色ですが、毎年この時季が一番好きなんですよ」

いいときに来てもらいました、と黒江は誇らしげに言った。

賀古も隣で大きくうなずいていた。

黒江の屋敷は稲田の中央に、防風林に囲まれて建っていた。門をくぐると広い敷地に納屋があり、正面には茅葺《かやぶ》き屋根の堂々とした家があった。

それから付近を案内され、昼食の時間になると、黒江の妻が料理を用意してくれた。

食事中、医学部寄宿舎時代の思い出話がはずみ、和やかな時間を過ごした。

そうこうして料理を堪能《たんのう》しながらも、林太郎は、広々とした家屋の奥座敷から聴こえる乾いた咳《せき》が気になっていた。

「奥にどなたかいるのですか」

林太郎はたずねた。

「祖父が胸を悪くして寝ています」

佐平《さへい》という名で七十歳になるという。

「もしよろしければ、診《み》てもらえると助かります」

と黒江は恐縮するように言った。

林太郎は最小限の診療道具を持参していた。

昼食後、早速、賀古ともども奥座敷に行き、診察した。

佐平は寝床に横たわっていた。身体《からだ》は痩せていて、聴診器を胸に当てると雑音がかなり混じっていた。呼吸も苦しそうである。いったん咳が始まるとなかなかおさまらず、それが体力を奪っているようだった。食事を摂るのも難儀らしく、休み休み口に運ぶという。次に脈を診た。脈の乱れはあまりなさそうだが、弱々しく、ようやく触《ふ》れることができるという程度であった。

「気分はどうですか」

一通り診察を終えて、林太郎は佐平の表情を窺《うかが》いながらきいた。

「気分は実にいいですよ」

佐平はゆっくりとした口調で言った。

えっ、と林太郎は声に出しそうになった。

林太郎の所見では、息苦しい、咳が辛《つら》いと訴えるものと思っていたが、気分はいいという。

——どういうことか。

客や家族の手前、遠慮して言っているのかもしれない。

しかし目の前の佐平は、わずかな微笑さえ浮かべて、静かに横臥《おうが》している。何と穏やかな人なのだろう。佐平の柔和な横顔を見て、林太郎はこの老人の人生を思った。農家に生まれ、先祖からの田畑を守り、一家を養い、実直に生きぬいてきたのだろうか。

林太郎は少し時間をかけて、ゆっくり話をききたいと思った。

そのとき、着古した作務衣《さむえ》姿の老人が、小さな咳払いとともにあらわれた。半分、腰の曲がった白髪まじりで蓬髪《ほうはつ》のこの老人は、勝手知ったる家というように入ってきた。

そして、まっすぐに佐平の寝ているそばに座り、

「佐平さんよ、今日はどんなだい？」

と佐平を覗《のぞ》き込んだ。

「ああ先生、変わりはないですよ。昨日も来てくれたんだから」

先生と言われた老人は、どうやら村の医者のようだった。

林太郎はここで村の医者と佐平との穏やかな会話をきくこととなる。

村の医者は佐平に親しげに語りかけた。

「今年もいい米が獲れそうだね」

「ああ。ありがたいことだ」

「昨日はここからの帰り道、カモが飛んでいるのを見たよ」

「えっ、もうカモが」

佐平は少し驚いていた。

「ちょっと早いか。見間違えたかな」

医者はわずかに肩をすくめて見せた。

「きっとそうでしょう。鳥に見とれていると、この前みたいに足を取られて、田んぼに落ちてしまいますよ」

「気をつけるから大丈夫だ。それにしても、今日は銀木犀《ぎんもくせい》がよく香るね」

医者は言いながら、庭のほうに目を移した。

庭には三本ばかりの銀木犀の木が植えられていて、白い小花が密集していた。

「あんまりいい香りなので、つい眠くなってしまいます」

「まったくだな。これだけいい香りだと、天国に昇ったような心地になれるだろう」

「その通りです。いい気持ちで、目覚めるのが惜しいほどです」

「あははは……。だったら、そのままずっと眠り続けてしまうのも、良いかもしれないな」

そう言って医者は笑った。

脇で控えていた林太郎は信じられない思いで見ていた。

二人は、茶飲み友だちのように楽しげな会話を交わしている。とても医者と患者の関係とは思えない。七十がらみで佐平と同世代のようだ。奇妙な医者である。第一、この医者は往診鞄《かばん》すら持っていない。触診さえしていなかった。

医者はひとしきり話すと、

「明日また来るよ。あ、そうそうこれを渡さなきゃ」

と、何やら紙に包んだ丸薬のようなものを懐《ふところ》から出して佐平の手に握らせ、じゃ、と振り返りもせずに帰っていった。

林太郎は呆《あき》れたようにその後ろ姿を見送った。

一方、佐平は紙の中の赤い玉を見つめながら、

「咳のときこれが妙に効くんだ」

と誰に言うことなくつぶやいて、有り難そうに握りしめた。

四

その夜、林太郎と賀古は黒江家の心尽くしの饗応《きょうおう》を受けた。食卓には地酒や郷土料理が用意され、寄宿舎時代の生活や武勇伝に話がはずんだ。硬派の賀古と黒江は、勇ましい話には事欠かなかった。

「それにしても羊羹《ようかん》はよく食べたものだ」

と賀古は小鉢の煮物を頬張りながら言った。

「まったく。腹がへってよく食べましたね」

黒江は大きくうなずいた。

「羊羹」はその頃、寄宿舎で焼芋を意味していた。

「羊羹はまるで主食だった。夜中に腹がへると誰かが調達してくる」

不思議な話だ、と林太郎は当時から疑問に思っていた焼芋の出所のことを口にした。林太郎には謎でしかなかった。

「あれは黒江の得意技だったな。どこで調達してきたのだ」

賀古は問いかけた。

きかれた黒江は酒を口に含んだまま、うなずくばかりで何も答えない。

「黒江が塀を乗り越え、どこからともなく羊羹を仕入れてきたのを、おれは二階から籠を降ろして縄で引っ張り上げたものだ」

いったいどこから持ってきていたのだ、と賀古はきいた。

「秘密。秘密です。蛇《じゃ》の道は蛇《へび》のたぐいですよ」

黒江は日焼けした顔に白い歯を覗かせながら笑って、茶碗の酒を飲み干した。

この後も寄宿舎時代のたわいのない思い出話は続いた。

やがて、話は自然と佐平の容態にも及んだ。

「佐平さんは、今は畑仕事をしていないようだね」

と林太郎は黒江にきいた。林太郎の診断では、重い肺の病を患っているという感触だった。

「そうですね。もう三カ月くらいになります」

佐平は体調を崩し、二年ほど前から息苦しさを感じるようになってはいたが、とにかく太陽の下、畑に出て作業するのを楽しみとしていたという。ところが、いよいよ畑作業をすると息が苦しく、足腰に力が入らなくなってきた。畑で倒れでもしたら家族に迷惑が掛かるだろうと、佐平は農作業に出るのをやめたらしい。百姓にとって何よりも楽しみな作物の成長を、みずからは確かめることができなくなったのである。

「自分の畑の見回りができないのは、なんとも残念だろうね」

佐平は辛く悲しい決断をしたと林太郎には思えた。

「それはそれは、辛かったと思います。落胆ぶりは、はた目にも明らかでした」

「不満や鬱憤もたまっただろうね」

「確かに。でも、以前のように乱暴に及ぶことはありませんでした」

「えっ、以前は乱暴だったのか」

林太郎には意外だった。

「佐平さんは優しそうで、いかにも好々爺《こうこうや》だが」

林太郎は受けた印象をそのまま言葉にした。

佐平を診たところ、息苦しさから苛立《いらだ》ちや失望を感じていても不思議はないのだが、表情は穏やかで、微笑みさえ浮かべている。

「それが、昔はああいうふうではなかったのです。気に入らないことがあると祖母であれ、わたしの母であれ、怒鳴り散らす人間でした」

黒江はお恥ずかしい話で、と言いながら続けた。

「風邪で寝ている祖母を起こしてまで飯を作れというほど横暴でした。孫のわたしたちにさえ、大きな声で怒鳴るので、近寄るのが怖かったのです」

「信じられない」

佐平の微笑みに接したあとなので、林太郎は黒江の言葉には驚くしかなかった。

「われわれも信じられないほどです」

「そうか。今見てきた佐平さんからは想像できないが……」

息苦しさが佐平を変えたのだろうか。

「なぜそんなに変わったのだろう」

林太郎の疑問だった。

「わたしにも分かりません。何度か心境の変化の理由をきいてみましたが、笑っているばかりで、はっきりしませんでした」

黒江にも謎のようだった。

そのとき、ふたたび大型の徳利が運ばれてきて、賀古は、

「おお、これは、これは」

と歓声をあげて、早速、徳利を傾けた。

それから、三人は時間を忘れて、この夜遅くまで酒を酌み交わし、語り合った。

翌日、黒江は渡良瀬川下流の沼沢地《しょうたくち》を巡ったあと、ふたたび古河の市内を案内してくれた。

林太郎は特に希望して鮭延寺《けいえんじ》への案内を乞うていた。熊沢蕃山《くまざわばんざん》の墓に参りたかったのである。

林太郎は寄宿舎時代、江戸前期の儒者、熊沢蕃山の思想に傾倒した時期があった。蕃山は中江藤樹《なかえとうじゅ》に陽明学を学び、岡山藩に出仕したものの守旧派の迫害に遭い、京都に逃れて私塾を開くなど、流転を経て、ここ古河で不遇のうちに死去した。行年《ぎょうねん》、七十三歳。

林太郎は、この反骨の学者に親近感を抱いていた。

「森はこの寺に来たいと、東京からの船の中でもしきりにいっていたな」

と賀古は言って、墓前で手を合わせた。

墓碑には、「熊沢息游軒伯継墓《そくゆうけんしげつぐ》」と銘があった。隣には、同じ大きさの妻の墓石も建っている。夫婦の墓が並立しているのは珍しかった。

「一時期、蕃山の著作を読み耽《ふけ》ったものだ」

林太郎も手を合わせた。

その後、三人は境内を散策した。黒江との別れの時間が近づいていた。

そして、船着き場に向かい船に乗り、翌日、東京に戻った。

五

この日、林太郎は診療が終わって、静男から久しぶりに茶に誘われた。静男の書斎兼茶室の三畳間で対座した。これはいわゆる茶の湯とは違うもので、静男は「蝦蟇出《がまで》」と名付けた急須《きゅうす》をもっぱら愛用していた。直径六センチほどの小さな朱泥《しゅでい》の品で、側面には焼くときにできたと思われる大小様々な疣《いぼ》が突き出ていた。

茶が趣味の静男は、自分流の作法を貫いた。

まず急須に、絹糸の切屑《きりくず》のように細かくよじれた暗緑《あんりょくしょく》色の宇治茶を入れて、それに冷ました湯を注ぐ。しばらく待って、茶碗にたらすと、茶碗の底には少量の濃い緑黄《りょくおうしょく》色の汁が落ちている。

林太郎はその茶を口にする。飲むというより、舐《な》める感じである。甘味は微《かす》かで、苦味が勝っていた。さして美味《うま》いと思えない味である。しかし、いかにも楽しそうに微笑しながら淹《い》れる父親とともに過ごす大事な時間だった。

林太郎が茶を飲むのを待って、

「古河はどうだった？」

と静男がきいた。

「行った甲斐がありました」

「そうか」

「友人と旧交を温められましたし、何よりも、古河の風景です」

「千住とは違うか」

「はい。渡良瀬川の葦の花の群生もさることながら、見渡す限りの稲田が見事でした」

あの無限に広がる黄金色の稲穂の波は忘れられなかった。

静男は茶を口にして、満足そうにうなずいていた。

林太郎はふと思い出し、

「不思議な医者に会いました」

と言った。佐平を診た医者は、茶飲み友だちのように楽しげに話しかけるだけだった。

「何が不思議なのだ」

静男は同業者の話のせいか興味を示した。

「田舎の医者はあんなものかと思いました」

林太郎は、高齢の医者が診察鞄すら持たずに往診にきた一部始終を話した。

「治療をしない医者というわけか」

黙ってきいていた静男は、そう感想をもらした。

「いわれてみれば、そうともいえます。しかし、最後に薬だけは与えていました」

「薬か……。どんな薬だったのかな」

「赤い玉でした。佐平さんは、咳のときこれが妙に効くんだと、大事そうに握りしめていました」

「そうか。魔法の玉のようだな」

「効くとは思えません。かなり進んだ肺病だと思われますから」

「だが、魔法なら効くだろう」

「えっ、どういうことですか」

静男の言葉の意味が分からなかった。

「佐平さんという人を実際に診てはいないので何ともいえないのだが、医者が何もしないというのは、医者が慰者《いしゃ》になったからだろう」

「慰者ですか」

「そう。話し相手になるのだ。心と心を通わせる。だが、病人相手に気ごころを通じるというのは至難の業《わざ》だ」

静男は言った。

「二人は茶飲み友だちのように話していました」

「それこそ魔法の医療だ。わたしにはできない」

静男は首を振った。

「そうですか……」

林太郎はうなずいたものの、父なら魔法の医療は実践できているのではないかとも思った。それにしても、あの赤い玉は何だろうと不思議だった。

——まさか本当に魔法の玉……。

そして、林太郎は留守にしていた間の医院の様子をきいて、明日からの診療に備えた。

六

それから一カ月ほど経って、古河から佐平の訃報が届いた。林太郎が見立てた通り、佐平の病状は重かったのである。

林太郎が葬式に参列したい旨《むね》を静男に伝えると、

「そういうだろうと思っていた」

と承諾してくれた。

林太郎が解き明かさねばならない疑問を抱えていることを、静男は感じ取っていたのである。

賀古は都合がつかず、今回は林太郎一人の古河行きとなった。

林太郎はふたたび新大橋から船に乗った。そして古河の船着き場から黒江の家に向かう途中で目にしたのは、荒涼と広がる稲田であった。あの輝いていた稲穂はすべて刈り取られ、稲の株だけが枯れた姿を残している。乾ききった土地が無限に広がっていた。

一ヵ月での急変だった。

——季節は移っていく……。

その当たり前の現象を、林太郎は忘れていたように思った。

黒江家の葬儀はしめやかに執り行われた。

村総出の葬式が滞りなく終わったあと、林太郎は参列者の中に、あの腰の曲がった蓬髪の医者を探し出して呼び止めた。

「佐平さんは、先生と心置きなく話をしていたように見えましたが」

「大した話はしていませんよ。毎日顔を見にきただけです」

「佐平さんは昔は家族に対して厳しく、横暴な人だったとききました。しかし、わたしが目にした佐平さんは温厚そのものでした」

何があったのかご存じですか、と林太郎はきいた。ききにくい話ではあるが、この医者なら知っているのではないかと思った。

医者はしばらく考えていたが、

「佐平さんは、自分がどうやらこの病で死ぬだろうと悟ったとたんに安心した、といったことがあります」

と言った。

「安心、ですか」

すぐには理解できなかった。

二年ほど前のことだったという。佐平はこの村で兄弟のようにして育った隣家の友を突然の卒中で亡くした。そのとき、友の妻が遺体にすがり、ありがとうの一言も言わせてくれなかったと泣いていた。それを見て佐平は、死んだ友のほうこそ、ありがとうを言いたかったのではないかと思うと可哀想でならない、と話していたらしい。

ちょうどその頃から、佐平も息苦しさを感じるようになり、それまでの激しい性格が鳴りをひそめていったようだ、と医者は言った。

「最近は、自分がこの世から消え去る目処《めど》がついたといっていました。そして、家族にありがとうをいう時間をたくさん与えてもらったことに感謝するとも」

葬式のとき、林太郎は黒江の家族から、佐平が最期までありがとう、ありがとう、と言いながら亡くなったときいていた。林太郎は何となく分かるような気がしてきた。そして、季節が移っていくように、人もこうして一人二人と静かに消え去っていくものだと、あらためて認識した。

「ところで、あのとき佐平さんに渡した丸薬は何ですか」

何やら赤い丸薬のようなものを佐平に渡して帰っていった。あの場面が忘れられない。

「ああ、これのことですね」

と言いながら、医者は懐から赤い丸薬を取り出し、林太郎の手のひらに置いた。

「どうぞ、口にしてください」

医者の言葉に、林太郎は赤い玉を口に入れた。

――これは……。

にっき飴《あめ》だった。

「食紅《しょくべに》を塗った、にっきの飴ですよ」

「しかし、佐平さんは咳に効くといってましたが」

「佐平さんもただの飴だと分かっていたと思いますよ。ま、二人だけの合言葉のようなものです。まだ元気だよ、とね」

そう言いながら村の医者は、たった今葬式に参列したとは思えない笑顔で帰っていった。

死に逝く人にとって、本当に必要なのはこういう医者の存在かもしれない、と林太郎は思った。

そのとき、静男の言葉が耳の奥できこえた。

「それこそ魔法の医療だ」

林太郎は医者の後ろ姿を見送りながら、稲田に目を転じた。すっかり変わった稲田を見つめながら、東京に戻ったらまた喜美子を連れて百花園に出かけようと思った。あのとき盛りだった萩はもちろんもう散り果てて、今は山茶花《さざんか》あたりが咲き始めているだろうか――。

第三話　志士の炎

一

林太郎が午後の往診から橘井堂《きっせいどう》医院に戻ると、書生の山本が近寄ってきて、

「大先生《おおせんせい》にお客様です」

と言った。

「ほう。誰だろう」

「長谷川泰《はせがわたい》様です」

「ああ、長谷川さんか」

用件は何だろうと思いながら、挨拶のため、まっすぐ静男の部屋に向かった。

長谷川泰は父、静男が佐倉順天堂《じゅんてんどう》で蘭学を修めたとき、ともに学んだ同窓である。静男が七歳年上だが、順天堂では三年後輩にあたる。

静男の書斎兼茶室の小部屋で、二人は茶を口にしながらくつろいだ様子で話していた。長谷川は背広姿で、愛用の鳥打帽を脇に置いている。

林太郎が挨拶すると、

「所用でこの近辺を巡視しているついでに、こちらに寄らせていただきました。いや、今、お父上から幕末の怖い体験談をうかがおうとしているところです」

と長谷川は持った扇子を広げ、ただでさえ大きな目をさらに見開いて、顔を煽《あお》いでみせた。

四十歳の長谷川は、この頃、警視庁の衛生部長を務める一方で、みずから設立した医学校、済生《さいせい》学舎《がくしゃ》を運営し、西洋医の育成に注力していた。

「幕末の怖い体験談？」

林太郎は医療関係の打ち合わせでもしているものと思っていた。幕末の、それも怖い体験談というのは意想外だった。

「幕末の何の話ですか」

林太郎は長谷川と静男を交互に見つめた。

「わたしも初耳で驚いているのですが、お父上は新選組の近藤勇《こんどういさみ》に会っておられるのです」

と長谷川は言った。

「えっ、近藤勇」

林太郎は思わず、おうむ返しに口にして、

「父上はあの近藤勇に会っておられるのですか」

と静男にたずねた。父が若い頃、江戸や佐倉で蘭学を学んでいた話は何度かきいた。だが、近藤勇にかかわる幕末の体験はこれまで話題にのぼらなかった。

「まあ、そうなのだが……」

と静男は照れたような、困ったような複雑な表情だった。

「新選組といえば、京都守護職の配下となり、市中見廻《みまわ》りと不逞《ふてい》浪士の取り締まりに当たっていた武闘派だ。市中警備といえばきこえはいいが、殺し屋集団でもある。そこの頭目が近藤勇だから、そういう人物に会って、お父上がどんな怖い思いをしたか、ぜひおききしたいものだ」

長谷川は興味津々の様子である。飛び出した目と分厚い唇の異様な顔は汗ばみ、せわしなく扇子で風を送っている。

「いや、そんなに期待されても困るのだが……」

静男は空になった湯呑《ゆの》みを手の中でもてあそんでいた。

「ぜひおきかせください」

父上、と林太郎は促した。関心の高さゆえに思わず語調も強くなった。

静男は湯呑みを置いて、しばらく目を閉じていた。そして、一呼吸入れた。

「あれは、もう十五年以上前になる。わたしが三十歳の頃だ。幕末の一時期、江戸の松本良順《まつもとりょうじゅん》先生の塾で蘭学を学んでいた。これはそのとき、たまたま体験した話だ」

静男は当時を振り返り、おもむろに話し始めた。

二

元治《げんじ》元年（一八六四）十月の下旬、神田下谷和泉橋《したやいずみばし》（現、台東区台東一丁目）の松本塾に一人の男が訪ねてきた。江戸市中に強い北風が吹き荒れる夕暮れ時だった。この松本塾は幕府の西洋医学の教育機関、「医学所」に隣接している。松本はその「医学所」の頭取も務めていた。のちに東京大学医学部となる。

松本塾の玄関戸が開き、

「頼もう」

と低く太い声が響いた。

このとき、広い書生部屋では頼りなげな行灯《あんどん》の明かりを取り囲んで、書生たちが夕食前のくつろいだひとときを過ごしていた。

その中に、石州《せきしゅう》津和野《つわの》藩医、森静泰《もりせいたい》（のちの静男）もいた。

書生たちの話題は、もっぱら京都で起きた池田屋事件と、それに続いて勃発した禁門《きんもん》の変だった。

池田屋事件は、この元治元年六月五日、京都三条木屋町《きやまち》の旅籠《はたご》・池田屋で、尊王攘夷《そんのうじょうい》派の志士、約三十名が会合を開いていたところを近藤勇ら新選組が襲撃、多くを殺傷・逮捕した事件である。

翌月の七月十九日、京都に集結した尊王攘夷派の長州藩兵と公武合体《こうぶがったい》派の会津藩兵や新選組が衝突し、長州藩兵は敗退した。世にいう禁門の変である。

連日のようにもたらされる京都の血なまぐさい新情報は、若い書生たちの最大の関心事だった。

特に新選組に対しては、突然あらわれた殺戮《さつりく》集団に恐怖を覚えつつも、一方で、あたかも時代の旗手でもあるかのような羨望に似た印象も抱いていた。

「誰か客が来たようだ。おい、お前、早く行って見てこい」

と先輩格の小野田保右《おのだやすすけ》は、新入りで最年少の書生を指さした。

命じられた新入り書生は玄関まで走った。そして、強い北風にあおられながらも微動だにせず玄関先に立つ、一人の侍を目にした。

侍が礼儀正しく挨拶したその名をきいて、

「しばし、お待ちを」

と返したまま、あわてて奥に引き下がった。

廊下を戻った書生は転がるように小野田の膝元に座り込んだ。

「どうした。落ち着け」

と小野田は血相を変えて震えている書生を叱った。

ひきつった顔の書生は、血の気のひいた唇で、

「侍です。近藤勇が玄関先に立っています」

とようやく口にした。

「近藤勇だと、ばかもん！」

小野田はふたたび叱りつけ、平手打ちを食わせる勢いである。

「いえ。本当なんです」

書生は必死だった。

「ばかもん。まだいうか。それなら着ている物は、浅葱地《あさぎじ》の羽織《はおり》の袖に白い山形の模様がついていたか」

「いいえ。黒い羽織、袴《はかま》でした」

「それは新選組ではない。かわら版でも有名だが、新選組なら、だんだら染《ぞめ》の羽織を着ているはずだ」

「いいえ、間違いありません。侍は、新選組の近藤勇、とはっきり名乗りました」

「ならば、近藤勇がここに何しに来るというのだ」

「いいえ。小野田様、あなたが出ていって確かめてみてください」

「そうか、そこまでいうのか。面白い、見てやる」

嘘《うそ》なら破門を覚悟しろ、と小野田は行こうとした。

そのとき、急に立ち上がって、

「これは、本当に近藤勇が来たのかもしれない」

と制した門人がいた。

橋本綱常《はしもとつなつね》である。安政の大獄で処刑された橋本左内《さない》の弟で、のちに九代陸軍軍医総監に就く人物である。

「ばかな。おぬしまで何をいい出すのだ」

小野田は呆《あき》れたように橋本を見つめた。

「この者が涙ながらに訴えている。これはとてもたわ言とは思えない」

このとき、三十七歳の橋本は門人の中では年長者に入り、落ち着いていた。

「近藤は京都にいるのではないのか」

小野田は近藤の訪問をまったく信じていなかった。

「そこは分からない。だが、禁門の変から三ヵ月以上が経っている。牛込《うしごめ》の近藤の道場もそのまま残っているから、江戸に来ていてもおかしくはない」

「そうか、ありえるか。分かった。いずれにしても、誰が来たか確かめてみよう」

小野田は部屋を出ていこうとした。

「いや、待て」

と橋本はふたたびさえぎった。

「来訪者はおそらく近藤勇に違いない。そこでだ。小野田、お前は何とか工夫して、近藤に門前払いを食わせろ」

「どうしてだ」

「相手は敵と見たら殺戮を厭《いと》わない凶悪者だ。訪問意図は分からないが、松本先生に会わせるわけにはいかない。先生には一刻も早く逃げていただく」

そして、橋本が新入り書生に、

「お前は先生にこの事情を話して、医学所のほうに姿を隠すようにお伝えしろ」

と命じると、書生はすぐに飛び出していった。

殺戮集団の志士の出現はどうやら現実らしい。書生部屋のくつろいだ空気は一転して、緊張に包まれていた。誰もが無言だった。

「では、行ってくる。誰だろうと、門前払いだ」

と小野田はみずから不安を拭い去るためか、肩を怒らせて部屋を出ていった。

三

小野田は式台から、玄関先の男を見つめた。

行灯の薄明かりの中に、羽織袴姿の長身で体格の良い侍が威儀を正して立っていた。長い総髪を一ヵ所でまとめている。黒柄《くろつか》の大小を腰に差し、鞘《さや》は艶を帯びて、一目で銘品の刀と知れた。

小野田は一瞬にして、その人物が近藤勇であると察知した。

「どなた様でございましょう。ただいまは新入りの門人が無礼を働いたようで、わたしが代わってお相手させていただきます」

小野田は正座して言葉を選びながら一礼した。

男は一歩前に進み出て、

「わたしは新選組の近藤勇と申す者だ。松本良順先生はご在宅か」

と低いが、よく通る声で尋ねた。語尾は念を押すような威圧感に満ちていた。

「先生ですか……」

自分の声が震えているのが分かった。門前払いなどできる空気ではない。

「ご在宅か」

近藤はふたたび、小野田を見据えて尋ねた。

「は、はい」

小野田は抗《あらが》えなかった。

「では、松本先生にお会いしたい」

小野田は、

「承知いたしました」

と応じ、ようやく、

「失礼ながら、ご用の向きはいかがな事でございましょう」

ときいて近藤を見上げた。

小野田は近藤の鋭い眼光に射竦《いすく》められ、思わず身を縮めた。

「松本先生は上様に薬を処方されたお方。その松本先生に、この近藤、こたびの参府の機会にご挨拶申し上げたい」

近藤は淀《よど》みなかった。

「はっ、承知つかまつりました。しばし、お待ちください」

と小野田は礼を失せぬよう挨拶して、奥に下がった。

奥の座敷では、夫人を交え一同が、松本を安全な場所に逃がす算段でもめていた。

小野田は訪問者が近藤勇に間違いない旨《むね》を伝えた。

すると、松本夫人はさらに興奮して、

「向こうは人を殺すなど何とも思わぬ乱暴者です。早くお逃げください」

と訴えた。

そばから橋本綱常も、

「奥様のご心配の通りです。相手は殺し屋集団の頭目です。先生、一刻も早く逃げてください、と強く促した。

それまで静かにきいていた松本は、大柄な身体《からだ》の背筋を伸ばし、分厚い唇から、

「いや！」

と一声発して、一同を黙らせた。

「たとえ相手が誰であろうと、人間に違いはない。心を割って話せば、分からぬ相手などいない」

そう言って、一同を見回した。誰も押し黙ったままだった。

「さらにだ。この松本が、近藤勇から逃げたとなれば、松本の名折れとなる」

真っ直ぐ伸びた鼻梁《びりょう》の両脇の小鼻を膨らませ、

「おれは近藤勇に会う」

と断言した。

「しかし、先生。近藤勇はご挨拶に来たとはいっていますが、何を企んでいるか分かりません。先生は早々に医学所に立ち退《の》いてください」

小野田は進言を変えなかった。

「もう、いい。おれは近藤勇に会う。小野田、お前は近藤さんをここにご案内しろ。あまり待たせては、機嫌をそこねてしまう。怒りを買っては、それこそ何をしでかすか分からない」

と命じた。そして、他の者は医学所のほうに移るよう甲高い声で指示した。

松本夫人をはじめ、門人たちは一斉に座敷から出て、奥に移動し始めた。

そのとき、松本が大声で、

「おい、森は残れ」

と叫んだ。

静男は集団と一緒に、ほとんど廊下に出ていた。自分の名を呼ばれて、一瞬、何かの間違いではないかと思った。

「行灯の明かりでは心もとない。おぬしはランプの世話をしろ」

と松本は言った。

「ランプ……」

静男は思わずつぶやいた。

「そうだ。ランプだ。何が起こるか分からない。部屋を明るくしておく必要がある。おぬしはランプの操作に手慣れている」

早く用意しろ、と命じた。

静男はランプの設置に取りかかった。

松本塾が所有していたのはオランダ洋灯《ランプ》だった。幕末のこの時代、ランプはまだ珍しく、非常に高価だった。ランプに「玻璃灯《はりとう》」の字を当てていた。ビードロ灯の意味である。

そのランプの取り扱いに習熟している者はそう多くなかった。静男は松本塾の中では、確かにランプの操作を会得している一人であった。ランプの火をおおい、光を反射させる火屋《ほや》の煤掃除《すすそうじ》は、面倒で手も汚れる。ガラスは薄く割れやすいから、壊したときの弁償代も高くつく。ランプに親しもうとする者は少なかった。だが、ランプ係には、夜分にも蔵書室に出入りできる自由が与えられていた。医学書を研究する機会を増やせるランプ係は魅力的だったので、静男は積極的に煤掃除を買って出ていた。

静男は急いで、行灯の火を文机《ふづくえ》に置いたランプに移した。ランプは行灯の十倍の明るさがあり、部屋が隅々まで照らし出された。

「おお、これならよく見える。安心だ。おぬしはそこに控えてランプを見ていてくれ」

と松本は部屋の隅を指さした。そして、みずからは座敷の一画に両腕を組み端座した。

やがて、廊下のほうで人の来る気配がして、小野田が近藤勇を伴ってあらわれた。

「御免」

と近藤は低くどすの利いた声を発し、座敷に足を踏み入れて進んだ。両刀を脇に置くと、折目が正しくついた袴を割って座った。刀は近藤の愛刀、長曽祢虎徹《ながそねこてつ》に違いなかった。

松本は、近藤の眼光鋭く顎の張ったいかつい顔と向き合った。

「初めてお目にかかります。拙者、新選組の近藤勇と申します」

と近藤が礼儀正しく挨拶した。

「お名前はかねがねきいています。わたしが松本でございます」

松本も姿勢を正して応じた。

緊迫した座敷で、二人の目は合ったままだった。

そのとき、突然、ランプの灯火《ともしび》が揺らぎ、部屋が暗くなった。明るさは行灯より落ちている。お互いの顔がよく見えないほどの暗がりに包まれた。

「どうした。森！」

松本が座敷に響き渡る声で叫んだ。

あわててランプに向かった静男は、視界の端で、近藤が腰を浮かせ、そばに置いた刀に手をかけるのを認めた。

「森、何をしている！」

松本がふたたび叫んだ。鋭い声が静男の耳に刺さった。

静男はランプの口金《くちがね》に指をかけた。手が震えているのが分かった。

ランプの口金を操作して、灯火を調整した。微妙な操作が炎に影響し、部屋が明るくなったり、暗くなったりした。何度か試みるものの、炎はなかなか安定しない。ランプの操作や管理には手慣れているはずであるのに、思うようにならなかった。

松本の鋭い叱声《しっせい》に静男は返事をしようとしたが、喉が渇いて声が出ない。焦れば焦るほど手が震えて、微妙な動きに集中できなかった。

静男は手を休め、深呼吸を繰り返し、再度口金に挑んだ。口金を細かく回すうち、やがて炎の揺らぎもおさまってきた。ようやく炎が安定した。

ふたたび部屋が隅々まで明るく照らし出された。

「油の加減で目詰まりを起こしていました」

もう大丈夫と存じます、と静男は松本と近藤の双方に詫《わ》びを入れて頭を下げた。

四

あたりが明るくなると、不思議なことに部屋の空気は一変した。

突然、薄暗がりに包まれたとき、静男は確かに近藤勇が刀に手をかけて身構えるのを見た。しかし今、近藤は何事もなかったかのように背筋を伸ばして座っていた。長曽祢虎徹は元のまま脇に置かれている。

一方、松本は腰を浮かしていたが、長いため息を一ついて座り直すと、

「失礼をいたしました。改めまして、わたしが当塾長の松本良順でございます」

と礼儀正しく挨拶した。

「拙者、近藤勇です」

近藤も頭を下げた。

「して、近藤様はこのたび、どのようなご用向きでこちらにいらしたのですか」

と松本は緊張の面持ちで問いかけた。

「そこだ」

と近藤は座り直して続けた。

「上様のお身体《からだ》を診《み》られた松本先生がどのような考えをお持ちか、しかと確かめさせていただきたいと思いまして」

「考えと申されましたか」

「さよう。国のありかたについてです。あなたは開港についてどうお考えですか」

おきかせ願いたい、と近藤は松本を見据えた。

答えによっては容赦はしないという目つきだった。

このとき、松本良順、三十三歳。近藤勇、三十一歳。ともに血気盛んな年回りである。

「その問題について、わたしの考えは明らかです。開港こそ国の取るべき道だと思っている。西洋の文物はわが国をはるかに上回っており、これを素直に認めて、学び、吸収して、国の発展に生かさねばならない」

松本はおのれの信念を堂々と披瀝《ひれき》した。

「それはどうかな。目下、わが国の国情の混乱は、元をただせば異人どもの乱暴狼藉《ろうぜき》、勝手気ままに起因している。それを許すのか」

近藤は問いかけた。

「不逞の異人はむろん一掃せねばならない。だが、異国の進んだ文化、文明を取り入れねば、わが国は取り残されて、時代遅れの三流国に甘んじることになる」

「すると、あなたは異国のやり方に追従《ついじゅう》しろというのか」

「時の流れ、時代のうねりだ。この国の混乱をすべて異国のせいにするのはいかがなものか」

「そうか。では、異国の医者におもねって国を売り、金儲けに走った土生玄碩《はぶげんせき》という算術医はどうなのだ」

認めるのか、と近藤は語気鋭く迫った。

眼科医として名高い土生玄碩は、オランダ商館医官のシーボルトから医術の手ほどきを受けた見返りに、将軍より拝領の葵《あおい》の紋服《もんぷく》を贈与した。これが幕末のシーボルト事件の際に発覚して投獄された。志士からは、売国医者として糾弾の的になっていた。

「異国の学問にひれ伏す医者は許せない」

「もし、そのような算術医とわたしを同列に扱おうとするのなら、それは見当はずれだ。迷惑千万、わたしの志を知らない愚か者のいうこと」

たわ言だ、と松本は吐き捨てた。

「なに。たわ言だと」

近藤は眉を吊《つ》り上げた。

「ついでにいえば、異国の力を軽くみてはならない。薩摩や長州が異国船の砲撃に惨敗したのは周知の事実だ。これからは国の守りも考え直さねばならない」

「国に入ってきたなら、夷狄《いてき》など斬って追い払えばよい」

「いや、それは無理だ。もはや槍や刀は無用の長物となった」

「なに、刀が無用とな」

近藤が刀に手を伸ばした。

部屋はふたたび殺気立った空気に一変した。

「さよう。異国船の沿岸からの砲撃に槍や刀では対応できない。離れて戦う方法を会得しなければならない。それには異国と通商を深め、西洋の武器を手に入れ、文物や知識を吸収して西洋に追いつき、さらには追い越さねばならない。刀槍《とうそう》の時代は終わったのだ」

松本は淀みなく言い放った。

「それがあなたの本心なのだな」

近藤の手は刀を摑《つか》んでいた。

五

そのとき、静男はやにわにランプに近寄り、火屋を一わたり見て、口金を操作した。すると、座敷が急に暗くなった。

「森、これはどうした」

松本が不安そうにたずねた。

「油が詰まりそうな様子です。少し調整させていただきます」

そう言いながら静男は口金を指で動かし、炎を調節した。

松本、近藤の両人は無言のまま、静男の操作を見守った。調節が終わると、座敷はやがて元の明るさを取り戻した。

「ランプの具合が本調子ではないようでしたから、さきほどのように灯火が落ちる前に調整しました」

もう大丈夫です、と静男は伝えて座敷の隅に戻った。

「そうか。大丈夫なのだな」

松本はランプを見つめながらうなずいていたが、やがて我に返ったように、

「さて、何を話していたか……」

とつぶやいた。

「刀は無用の長物とか」

近藤は低い声音《こわね》で応じた。

「いや、それは言い過ぎであった。刀はむろん、武士の魂。これは尊重せねばならない。わたしは異国と戦うときに、刀槍では太刀打ちできないといいたかったのだ。今や長距離対陣は必須になった。薩摩や長州が異国船の砲撃に屈した事実は、そなたもご存じであろう」

「それはきいている。だが、刀はまだ世の中を治め、変える力を持っている」

近藤は握った刀を水平にして、松本のほうに突き出した。

「刀は武士の魂だ。しかしこの激動の時代、世の中をどう治めていくかは、刀より政《まつりごと》にかかっている。政の中心にいるお方にとって、それがご心痛の種でもある」

松本はそう口にして続けた。

「その一人に慶喜公《よしのぶ》がおられる」

「慶喜公？」

将軍補佐役の名前が出て、近藤の顔色が変わった。刀を脇に置き、居ずまいを正した。

「さよう。これはご内分に願いたいが、わたしは先頃、上洛して慶喜公を拝診した。薩長の攘夷派に迎合する公家たちと、慶喜公登用に反対して旧弊に縛られている老中たちとの板挟みに遭い、そのご心労はいかばかりであったか」

文久四年（一八六四。二月二十日、元治と改元）一月五日、将軍後見職の慶喜は京都に赴いた。だが、政治の混乱が一気に慶喜にのしかかり、心労は極に達した。

そこで松本良順が急遽《きゅうきょ》上洛することになり、二月四日、慶喜宿所の京都・東本願寺にて診察した。松本は慶喜を神経衰弱と診断し、この際、荒療治は避けられないと阿片《アヘン》を処方した。翌日、慶喜は、よく眠れた、といった。そこで今度は葯刺巴《ヤラッパ》を処方した。葯刺巴はシーボルトがもたらしたヒルガオ科植物の西洋下剤薬で、これによって慶喜は体調を回復したのだった。

「慶喜公が、ご心痛でそのようにご体調を崩されていたとは知りませんでした」

近藤は姿勢を正したまま微動もしなかった。

「いや、これは、誰も知らない事実です。わたしはたまたま指名を受けて治療したので、知ったまでのこと。慶喜公はこの国の将来を見据えておられた。私心、私欲はない」

松本は印象を静かに語った。

すると、近藤が膝を一歩進め、

「このたびわたしは公家に供奉《ぐぶ》し、さらに隊士を募集するため江戸に来ました。正直にお話しすれば、若い隊士の中には、松本という医者は西洋かぶれで、上様のおそばにいて危険思想を吹聴《ふいちょう》している、斬ってしまえ、と息巻く連中が多数いました。そこでわたしが会って判断する手はずになって、ここにいるという次第です」

と神妙に言った。

「すると、訪問の目的の半分はわたしを亡き者にするためではないか」

「確かに」

「もしかして、近藤殿のお気に召さない事態となれば、この場でわたしの首を刎《は》ねるということか。お手元の長曽祢虎徹が一閃《いっせん》、わたしの命は一刀のもとに消え失《う》せる」

松本はそこまで話して一息ついた。

「若い隊士でなくてよかった。そんな輩《やから》だったら、わたしの首は今頃つながっているかどうか……。危ない、危ない」

そう言って松本は、苦笑いしながら首筋を撫でてみせた。

「この近藤、お国と武道のためには、いつ命を捨ててもよい覚悟で生きております。今日、松本先生のお話を伺って感服した次第です。先生がこの国の現状と将来を強く案じられていることがよく分かり申した。わが国が夷狄に支配される事態を恐れ、むしろ西洋の進んだ武器を手に入れこの国を護《まも》る算段を考えておられる。西洋かぶれどころか、これほど国を憂えておられるお方は他にはないという気になり申した」

近藤は落ち着いた態度だった。

「そこで、ひとつお願いができました」

「ほう。何でしょう」

松本は強く関心を示した。

「いかがでしょうか。これをご縁に兄弟の契りを交わしていただけませんか」

「兄弟とな。それは面白い」

「承諾していただけますか。三十一のわたしが弟分となるでしょう」

「二歳年上のわたしが兄となるな」

松本は満足そうにうなずいた。

すると、近藤はさらに膝を進めて松本に近づき、

「兄貴、よろしく」

と手を差し出した。

二人はお互いの両手を固く握り合った。

意気投合した二人は、このとき義兄弟の契りを結んだのだった。

「今後、何かとお世話になるでしょう」

近藤は松本の目を見つめながら語りかけた。

「いや。こちらこそ」

松本は微笑《ほほえ》み返した。

「それでは、これにて失礼いたします」

と近藤は刀を摑んで、

「上洛の前にもう一度挨拶に来させていただきます」

と言った。

「さようですか。今夜はどちらに？」

「会津公の上屋敷を宿としています」

近藤は素早い動作で立ち上がると、一礼して座敷を出ていった。

六

「それで近藤勇は、ふたたび松本塾にあらわれたのですか」

長谷川は静男が淹《い》れなおした茶を一口飲んでからきいた。

「来ました」

静男は答えた。

「来ましたか。近藤も律義《りちぎ》な男ですね」

「約束通り、三日後の昼に挨拶に来ました」

近藤勇はその後、公家の坊城俊克《ぼうじょうとしかつ》を護衛して京都に向かった。このとき隊士に加わった人物に、北辰一刀流《ほくしんいっとうりゅう》の使い手、伊東甲子太郎《いとうかしたろう》がいる。

「義兄弟の契りは本物だったのですね」

長谷川はいまさらのように感心してみせた。

「それにしても、静男さんは危ない場面に同席したものです。途中、またランプに触りましたね。あれは……」

「あの場面は一息入れたかったのです。あのまま話が、刀がいる、いらないの言い合いになれば、熱くなって双方ともおさまりがつかず、危険な事態が引き起こされます」

座敷の空気を鎮める必要があったのです、と静男は言った。

「しかし、下手をすると巻き添えになって斬られるかもしれない」

危ないですね、と長谷川は同情気味だった。

「あそこは火に油を注ぐ、ではなく、油を絞って二人の気持ちを鎮めたかったのです。わたしのできることといったら、ランプの明かりを調節するくらいでした」

「的確な判断でした。それにしても、わたしは残念なことをした」

と長谷川が急に落胆したように口にした。

「何がですか」

静男は怪訝《けげん》そうに長谷川を見つめた。

「静男さんは松本先生のところにおられたので、近藤勇に会うことができました。その頃、わたしは佐倉順天堂にいました」

「そういえば、そうですね。あのあと、わたしは間もなく佐倉順天堂でお世話になりました」

静男と長谷川はそれから、ともに学んだ蘭学の思い出話に浸った。

その夜、林太郎は静男に呼ばれて父の部屋に向かった。

「近藤勇のことでひとつ話し忘れたことがある」

と静男は言った。

「近藤さんが江戸を離れるとき、松本塾に挨拶に来た。そのときにわたしと近藤さんは、二人きりで会っている」

「えっ、二人きりだったのですか」

「近藤さんを患者として診た」

「どういうことです」

林太郎は解《げ》せなかった。

「近藤さんはかなり体調を崩していた。いってみれば、慶喜公と近藤さんの症状はほぼ同じだった。松本先生は葯刺巴《ヤラッパ》を処方したかったようだが、無理だった」

「葯刺巴は近藤さんの体質に合わなかったのですか」

「いや、そうではない。材料がなかったのだ。葯刺巴は高価で貴重品。そう簡単に手に入らない。そこで、松本先生がわたしに治療を指名したのだ」

「それで、父上はどんな薬を処方されたのですか」

「漢方の加味帰脾湯《かみきひとう》を処方した」

加味帰脾湯は、黄耆《おうぎ》、柴胡《さいこ》、酸棗仁《さんそうにん》、人参《にんじん》など十四種の生薬《しょうやく》で構成され、不眠や神経衰弱に効果のある漢方薬だった。

「その後、近藤さんは京都に戻り、甲府や多摩、下総《しもうさ》と転戦しているから、体調が回復し、少しは効いたのだろう」

静男は幕末の近藤との出会いを偲《しの》んでいた。

林太郎は近藤の心労を思った。時代のうねりの中で徳川慶喜同様、体調を崩していた。武闘集団の新選組といえど、回天の時代に翻弄される隊長の苦悩が想像された。

慶応四年（一八六八）四月、近藤は下総国流山《ながれやま》で捕らえられ、板橋刑場で斬首された。

幕末を駆け抜けた志士、近藤勇はここに散った。

その後、松本良順は戊辰《ぼしん》戦争において幕府側の軍医として戦傷病者の治療に当たった。それを新政府に咎《とが》められて投獄される。のち赦《ゆる》されて兵部省《ひょうぶ》に出仕、順と改名した。明治六年（一八七三）、初代陸軍軍医総監となった。

明治九年（一八七六）、近藤勇と新選組隊士の供養塔が、生き残った永倉新八《ながくらしんぱち》や松本良順らによって板橋に建てられている。

林太郎は今度その供養塔に参拝に出かけようと思いながら、父の部屋を後にした。

第四話　武士の子

一

これは今からかれこれ一年ほど前の話である——。

林太郎が父、静男とともに、千住南の若宮に往診に出かけての帰り、

「あと何回通うことになるだろうか」

いきなり静男が思い詰めたように問いかけてきた。急に吹き始めた秋風が頰を冷やしているのか、顔色は心なしか青白かった。

「はい」

と林太郎は応じたものの、どう答えたものか一瞬迷った。予後の見立てには狂いのないのが父だった。その父が弱音を吐いている。

正直に返答すれば、父を落胆させるし、そうかと言って、気休めを言えば不実この上ない。いっ

そ黙っている法もあった。が、何も答えないのは卑怯《ひきょう》でしかなかった。

「今日の様子を見る限りでは、そう何回もないようにわたしには思えます」

林太郎は、診《み》てきたばかりの村岡信之助《むらおかしんのすけ》の苦しげな表情を思い起こしながら答えた。信之助は胃《い》癌《がん》で、病状はかなり進んでいた。

思い返せば、村岡信之助が初めて橘井堂《きっせいどう》医院を訪れた日、腹部の痛みや腫れとともに、吐き気が止まらないと訴えた。三十代半ばの年回りで、食欲がなく急激な体重減少をきたしていた。

「どうしたものだろうか」

静男は信之助が帰ったあと、誰に言うともなく口にした。

「どうされましたか」

林太郎は気弱な父の様子が気になった。

その頃、林太郎はまだ十カ月ほど学生生活が残っていたが、時間のとれる日や講義のない日など、父の橘井堂医院を手伝い、診療に関与していた。

「うむ。わたしには難し過ぎる患者だ」

信之助にはひとまず、吐き気止めに漢方の小半夏加茯苓湯《しょうはんげかぶくりょうとう》と鎮痛剤として少量の阿片《アヘン》末を処方したものの、一時しのぎの感はぬぐえなかった。

「何とかしたいのだが……」

静男はつぶやいていた。

信之助が困難な患者であることは林太郎も気づいていた。にもかかわらず、父は何か手を尽くせないかと考えていた。一筋の道を探っている父。

——何かできないか。

林太郎は諦めていない父を見てそう思った。

町医者であっても、目の前の患者に対し、最善の医療を模索する父の姿勢に林太郎は日頃から敬服していた。

そのとき、林太郎はふと、今自分が通っている医学部の教授に診てもらえないかと考えた。この時代、胃腸の専門病院はなく、入院できるベッドのある病院は東京でも数えるほどしかなかった。東京大学には附属病院があり、最先端の医療を実施していた。林太郎はそこに一縷《いちる》の望みを託せないかと思った。

「父上、それでは、ベルツ先生に診てもらうというのはどうでしょうか」

内科学の大御所で、林太郎は必須科目の授業を聴講し、疑問が生じるとその都度、ききにいって指導を受けている。林太郎がドイツ語に習熟していたのは、ベルツとの距離を縮めるのに大いに役立った。

「ベルツ先生……。あの有名なお雇い教師か」

「そうです」

ベルツは、明治九年（一八七六）にお雇い外国人教師として招聘《しょうへい》されたドイツ人医師で、以来、二十六年間にわたり大学で教鞭をとり、日本の医学の近代化や発展に多大な足跡を残した。

「診てもらえるだろうか」

「分かりません。でも、きいてみたいと思います」

「そうか。林太郎、きいてみてくれるか」

「はい」

きいてみます、と林太郎は即答した。ベルツが診察に応じてくれるかどうかもさることながら、診察したとして、どう治療方針が決まるかは未知数だった。しかし、今はそれより、父の熱意に応えられるか否かが先だった。

二

林太郎は早速、静男から村岡信之助の診断書を預かり、ベルツを教授室に訪ねた。

ベルツは大柄で顔中に髯《ひげ》を密生させていて、一見、粗野な風貌だが、温和で寛容な性格だった。人格者ゆえに、長年、東京大学に在籍し、数多くいたお雇い外国人たちの相談相手、調整役にもなっていた。日本贔屓《びいき》で、日本の美術品、工芸品のコレクターとしても知られている。

ベルツは診断書にしばらく真剣に目を落としていたが、やがて顔を上げ、

「診てみましょう」

と言った。ごく自然な返事に、むしろ林太郎は驚いた。

「ありがとうございます」

林太郎は父に朗報を伝えられると安堵《あんど》しながら頭を下げていた。

そこで、静男はただちに紹介状を書き、信之助に東京大学附属病院へ行くよう勧めた。信之助は

静男に感謝しつつ、すぐにベルッの診断を仰いだ。

ベルッから静男への返事は非常に早かった。

しかし、その内容は静男を大きく落胆させるものであった。

信之助はすでに手遅れであり、当病院でも手の施しようがなく、できる限り苦痛緩和に努め看取《みと》っていただきたい、との診断だった。

そして、ベルッは疼痛《とうつう》を緩和する新薬ともいえる塩酸モルヒネを、好意で橘井堂医院のために分けてくれた。阿片からモルヒネを抽出するには、化学薬剤や実験装置、設備の整った建物が必要だった。大がかりな研究室を備えている大学にしてはじめて抽出でき、製薬が可能だった。町医者には入手さえ不可能なのが塩酸モルヒネである。

静男も林太郎もベルッの治療に一縷の望みを託したが、結果は看取りの医療だったのである。疼痛緩和のため小半夏加茯苓湯と阿片末を処方した静男の対応は間違っていなかったといえる。

三

この日――、父の往診のお供で村岡信之助の診察を終え、村岡家から出てきたところで、

「あと何回通うことになるだろうか」

と父は問いかけたのだった。

林太郎は、そう何回もない、と厳しい予想を伝えたのである。

実際、その後、二度往診はしたが、三度目はなかった。

明日は信之助の診察があるという日の夜、橘井堂医院の扉を激しく叩《たた》く者があった。林太郎も静男も、もう休もうかとそれぞれ自室に入っていて、すでに家の中は静まり返っていた。

林太郎がすぐに出てみると、そこには村岡家の長男太一郎《たいちろう》が真っ青な顔をして立っていた。前髪を垂らした十歳のまだあどけない少年だった。

信之助に異変があったことは、少年の言葉を待たずとも明白だった。

ただちに静男とともに村岡家へ走ると、そこにはすでに事切れた信之助の姿があり、妻のなえは呆然《ぼうぜん》と一点を見つめ、次男英二《えいじ》を抱きしめるばかりであった。

静男は以前、

「救えなかった命を前にすると、いつも怒りに似た感情を覚える」

と言ったことがある。

林太郎は今、しばらく言葉を発せずにいる父を横に見て、父の胸の内を慮《おもんぱか》った。

やがて、林太郎と静男が臨終を告げて帰ろうとすると、玄関に見送りに出てきたのは、なえではなく太一郎であった。

板敷きの玄関に正座して手をつくと、

「夜分にありがとうございました。お気をつけてお帰りください」

と太一郎は深々と頭を下げた。

少年の堂々とした振舞いに、林太郎も静男も驚き、思わず顔を見合わせたほどだった。

四

それからふた月ほど経とうかという頃、なえと太一郎が医院にやってきた。

「その節は大変お世話になりました。四十九日の法要も終わり、ご挨拶に伺いました」

なえはすっかり落ち着きを取り戻していた。

静男は、三十を過ぎたばかりで若くして夫を亡くしたなえが、二人の子どもを抱え、これからいったいどうしていくつもりか気になっていた。この時代、女が一人、子どもを抱えて生計をたてるのは至難の環境だった。

それをたずねると、

「今は実家に帰っております。父母が帰っておいでといってくれましたので。でも、もう兄が家の当主となっていて、父は隠居しております。兄夫婦は快く迎えてはくれましたが、このままいつまでも実家に頼るわけにはいきません。何とか自立しなければと考えております」

なえは物静かな口調で答えた。

「そうですか。何かできることがあればよいのですが……」

と静男が言うと、なえは、

「お気持ちに感謝します」

と言って帰っていった。

村岡家は武士の家柄で、上総国大多喜藩《かずさのくにおおたき》で代々祐筆《ゆうひつ》（文書記録係）を務めていた。が、明治新政府の世となり、その当時の武士が皆そうであったように、村岡家もわずかな秩禄公債《ちつろくこうさい》を渡されて市井に放り出された者の一人だった。武士の中には、商売を始めたり、刀を鍬《くわ》に持ち替えて農作物を売り歩く姿も見られた。武士の誇りなど何の役にも立たない時代が訪れた。生活が急変する中、その日の食い扶持《ぶち》を得られぬ者たちが乱暴狼藉《ろうぜき》を働く世情不安が世を覆った。

信之助は、村岡家の三男で、ちょうど今の林太郎に似た年頃であった。長男のように継ぐべき家督もなく、何を生業《なりわい》として生きていったらよいものか考えあぐねていた。そのうち、東京に出て、しばらくは荷役《にやく》作業に従事して当座をしのいだ。やがて、その優しい性格から近所の子どもたちに慕われ、漢籍に精通していた才を生かして勉学を見てやるようになり、小さな塾を開いた。そして、そのわずかな塾代で糊口《ここう》を凌《しの》ぐ生活を送るようになった。

それから、あっという間の十五年であった。その間になえと結婚し、二人の男児をもうけた。決して豊かな日々ではなかったが、幸せな小さな小さな一家の暮らしがそこにはあった。そして、それはずっと続くはずであったのだが……。

五

なえと太一郎が挨拶に来て以来、林太郎も静男も何となく村岡家について気になりながらも、日々思いは薄れていき、二、三カ月も経つ頃になると、すっかりこの親子のことを忘れていた。

林太郎は七月の卒業のための試験に向けて、最後の追い込みにかかっていたし、静男も毎日途切れず訪れる患者をさばくのに忙しかった。

しかし、ここに一人——、いまだにこの親子のことを忘れずに気にかけている人物がいた。それは、林太郎の母峰子《みねこ》である。

なえの実家は、林太郎の家からさほど遠くなく、千住の隣町、柳原との境にあった。

峰子は、なえの母親、里子《さとこ》とは顔見知りで、会えばどちらからともなく会釈する程度の付き合いがあった。それほど親しい間柄ではなかったが、なえの夫を静男が診た経緯もあって、それ以来、見かけると立ち話をするほどの仲になった。

「なえさん、この頃お元気にされていますか」

峰子が問いかけると、

「ええ、まだ沈み込む日もあるようですが、普段は子どもたちの世話で紛れているようです」

会話といえば、いつもこの程度ではあったが、気兼ねなく話ができるのが里子にはうれしかった。

里子は峰子より大分年上ではあったが、なぜか峰子と話をすると落ち着いた気分になる。

峰子は、人と打ちとけやすく、気取らないところがあり、それが年上の女性などにも好まれる所以《ゆえん》かもしれない。

「うちにはなえさんと同じように、小さな子どもがおります。よろしかったらいつでも遊びにいらしてくださいな」

峰子は気さくに里子に声をかけた。

里子は、若くして夫を亡くした娘が可哀想でならず、また、幼くして父親を亡くした孫たちの将来も案じ、ついつい暗い気持ちになりがちだった。そんなとき、峰子の笑顔がほっとする時間を与えてくれていた。

次第に里子は峰子に心を開いていった。

林太郎は、村岡信之助の臨終から一年近く経った今、念願だった文部省からの国費留学の道が叶《かな》わない中で、橘井堂医院での父の手伝いに忙しい日々を送っている。だが、将来を見据えると、様々に考えなければならない課題が押し寄せていた。そもそも自分は何をしたいのか。留学して何を学びたいのか。どのような形で国に貢献したいのか。読書中に、散歩中に、あるいは友と過ごす時間の中でも、若い林太郎は思い悩まずにいられなかった。

ある日、林太郎の妹喜美子が、母の急な言いつけで家族全員に居間に来るよう告げて廻《まわ》った。この日は書生の山本、遠藤も呼ばれた。

一同が何事かと集まってみると、座卓の上には、たくさんのおはぎが盛られた皿が置かれていた。

林太郎は思わず、

「お彼岸でもないのにおはぎとは、どうされましたか」

と母にたずねた。

「もうすぐ新豆が出回ります。今年の豆を全部使ってしまおうと思ったのですよ」

と言った。

林太郎は甘いものは好物だったが、

「それにしてもずいぶん大量にありますね」

そう言ったそばで、祖母の清《きよ》が、

「餡《あん》はこれでなくちゃ」

と突然口を挟んだ。

「餡は練り始めたら、最後まで手を止めてはいけないのですよ」

清は自分が作った餡に大満足していた。

「おばあさまの餡は絶品ですからね。喜美子も手伝ったのか」

と静男がきくと喜美子は、

「はい、でも練るのだけはやらせてもらえませんでした」

すると清は得意げに言った。

「まだまだ、任せられません。火加減も味を左右します。それにしても今日のおはぎが今までで一番おいしくできましたね」

「ほら、おばあさまの、今日のが一番、が出ましたよ」

「いったい、我が家のおはぎはどこまでおいしくなるのやら」

皆、口々に言いながらおはぎを頬張った。

楽しくも、賑《にぎ》やかなひとときである。

林太郎は山本と遠藤の皿にもう一つずつのせてやった。

すると、お茶を淹《い》れていた峰子が、急に手を止めて、

「そうだ、里子さんのお宅に少しおすそ分けしようかしら」

いい事を思いついたと、もう台所に下りていた。

そこには、お重が用意されており、すでにおはぎが綺麗《きれい》に収まっていた。

峰子は手早く風呂敷でお重を包むと、

「ちょっと行ってきます」

と言って、小走りに出ていった。

それを見送った林太郎は、かたわらの静男に、

「母上は土産《みやげ》用のおはぎを用意されていたようですね」

と言った。

「どうやらそのつもりだったようだね。あっという間に出ていった」

静男は微笑《ほほえ》ましげな面持ちだった。

林太郎は里子たちを気づかっている母峰子の心情を知った。

口に含んだおはぎがいっそう甘く感じられた。

六

友人の賀古鶴所《かこつるど》は、時折突然にあらわれる。この日もそうだった。

「ごめんください。森はいますか？」

玄関口から大きな声がきこえてきた。

――あの声は賀古だな。

この日は休診日で読書中だった林太郎が玄関に出ると、大柄な賀古が普段着で立っていた。

「おお、いたいた。外はすばらしい天気だ。秋晴れだ」

一緒に散歩でもしないか、と楽しそうに誘った。気まぐれで相手の都合などまったく気にしていない。

「なんだ、急にあらわれて。散歩の誘いか？」

と林太郎は応じながら、それも悪くはないか、と思った。

それから、林太郎と賀古は連れ立って外に出た。

「女心と秋の空、というが、このところずいぶん快晴の日が続くなあ」

賀古は空を見上げて顔を回した。

「読書に熱中するのもいいが、たまにはこうして太陽を浴びないと身体《からだ》に悪いぞ」

「そんなことは重々承知だ。これでも医者だぞ。結構、往診や父の使いなど外に出る機会はある。この前は、年増の後家さんから若いほうの先生で、と往診を依頼されたくらいだ」

「ほう、そんないいこともあるのか。愉快だ」

賀古は四角い赤ら顔で空を仰ぎながら豪快に笑った。

「なに、たまにだがな」

林太郎は苦笑いで応じた。

「それはそうだ。あまりうまい話ばかりでは、おれのような身分は悲しくなる。軍医副などときこえはいいが、まだ何をしたらいいのやら、部署も決まっていない。宙ぶらりんだ」

賀古は故意に嘆いてみせた。

林太郎も久しぶりに屈託なく笑う自分に気づいていた。このところ、将来の方針が定まらず、自分に嫌気がさしたり、焦燥感に駆られたりと、ともすれば暗くなりがちだった。だが、気の置けない友との気楽な雑談は、時間を忘れるほど穏やかな気分にさせてくれた。賀古はこうした時間を作るために、わざわざ千住まで足を運んでくれたのに違いなかった。得難い友だと感謝する瞬間である。

「いつか森にきこうと思っていたのだが、橘井堂医院の命名はお父上によるのだな」

賀古は歩みを止めずに問いかけた。

「もちろん。そうだ」

「橘《たちばな》と森家は何か関係しているのか。家紋とか」

「いや。家紋は柏《かしわ》だ」

正式には、「乱れ追い重ね九枚柏」が家紋だった。

「そうか。では、橘井はどういう意味なのだ」

何か由来はあるのか、ときいた。

「それは、ある」

林太郎は友の問いに正しく答えねばと思った。

「中国の古典『神仙伝《しんせんでん》』に見える故事にもとづく。仙人となった人物がこの世を去るに臨んで、翌年に疫病が起こることを予言し、井戸水一升に橘の葉一枚を煎じて服《の》ませれば治るであろうと伝えた。それを実行したところ、人々の命が救われたので、橘と井戸水に注目、のちに転じて、橘井が医者を指すようになったのだ」

「なるほど。井戸水と橘の葉が元か」

賀古はしきりに感心してみせてから、

「お父上は、橘井堂医院と名乗ることで、医者中の医者になりたいと思ったのかもしれないな」

「おそらく、そうだろう」

林太郎は表立って父にきいてはいないが、以前からそう理解していた。父の姿勢に医者としての志のようなものを見る思いがしていた。

それから、二人はたわいない話を交わしながら散歩を続けた。

千住二丁目を東の方向に足を向け、特にあてもなく歩を進めていた。耕地の中に人家が思い出したように点在している地域だった。千住南の方面はよく行くが、こちらのほうは、往診でもあまり来なかった。

いつの間にか、土手を越えれば柳原に向かう場所に来ていた。

「ずいぶん歩いたな」

と賀古がいまさらのように口にして、突然、西の方角を指さし、

「あれを見ろ。雲が出て黒くなっている。これはいずれ雨になりそうだ」

秋の天気は変わりやすい、とつぶやくと、

「おれはここで帰るとしよう。女房孝行もしないといけない。やれやれ」

と賀古はもう背中を向けて、今来た道を歩き出していた。

林太郎が何か声をかける間もなく、賀古は遠ざかっていた。

――何がやれやれだ。いつも勝手な奴だ。

それでも賀古を憎む気にはならなかった。ここで自分も帰ろうかと考えたが、なぜか思いとどまっていた。

――もう少し歩こう。

せっかく散歩に出たのである。あまり来ない方角の上に、あたりは自然の残った場所なので、疲れた頭や身体《からだ》を休めるにはちょうどよかった。

七

土手に沿ったやや広めの道を進んだ。そこは背丈より高く雑草が生い茂っていて、左の道筋には人家が数軒並び、その向こうには防風林に囲まれた農家も見えた。とある家の庭の紅葉《もみじ》の木は、もう少し日を経れば見事に紅くなりそうだ。松の枝が道にせり出した家もある。初めて目にしたような気がして興味を惹《ひ》かれ、思いがけず楽しい散歩になった。

前方に大きな銀杏《いちょう》の木が聳《そび》えていた。

――あんなところに銀杏の木が……。

見覚えがあってもよさそうだったが、記憶から抜け落ちていた。

その銀杏の根方に小さな祠《ほこら》が立っていた。銀杏といい、祠といい、林太郎には思わぬ発見だった。

その祠の脇で虫でも観察しているのか、十歳くらいの少年がしゃがみ込んでいた。少年はしばらく草むらを見ていたが、立ち上がり、こちらに向かって歩いてきた。木綿の粗末な着物に兵児帯《へこおび》を締めている。その歩みはゆっくりで、所在なげだった。

林太郎は、子どもというものは落ち着きなく飛び跳ねたり、急に走り出したり、座ったりと、もっと忙しく動き回るものと思っていたが、この少年の歩みはかなり遅かった。

少年は林太郎のほうに向かってきているが、少年には林太郎の姿は目に入っていないようだった。考え事でもあるようで、肩も落ちている。林太郎は何気なく少年を見ていたが、急に、この少年とどこかで会ったような気がした。前髪を垂らしたその顔に見覚えがある。

――どこだったか……。

しかし、思い出せない。気のせいか。記憶違いか。

やがて、少年はすれ違っていった。その瞬間だった。

――そうだ。以前、最期を看取った男の息子だ。

かれこれ一年近く前だった。確か村岡といったと思うが……。そのときの凜《りん》とした少年の応対に驚いたものだった。あの少年に違いなかった。

林太郎は少年に声をかけてみることにした。

「ちょっと、君。確か村岡君ではないかね」

少年は驚いて振り返ったものの、緊張と警戒の面持ちで林太郎を見つめていた。

やがて、

「はい、村岡太一郎です」

と返事した。

「やはり、村岡君だったか。わたしを覚えているだろうか」

林太郎は少年の顔の位置まで腰を屈《かが》めて、少年と向き合った。

少年は林太郎をしばらく凝視した。そして、ようやく思い出したというように、

「はい。覚えています」

と頭を縦に振ってうなずいた。

「そう。覚えていてくれたか。ありがとう。ところで、母上はお元気かな」

林太郎はきいた。

「はい。元気です」

と少年ははっきりと答えた。

「それは、よかった。それにしても、父上はまだお若かったのに残念なことをしました」

林太郎も静男も、村岡信之助の死は忘れかけていた。少年は林太郎の言葉に唇を噛むばかりで、何も答えなかった。そこには父親の臨終のときの凜とした態度はなく、幼い少年の姿があった。その様子から、林太郎は、太一郎がまだ悲しみの淵から出られずにいるようだと察した。

「君は父上が好きでしたか」

「はい」

林太郎はさりげなく問いかけた。

「どのようなお父上でした？」

「父は毎朝一緒に『論語《ろんご》』や『孟子《もうし》』の素読《そどく》をしてくれました」

「ほほう。漢学だね」

「僕が小さい頃は竹馬を作ってくれたり、散歩の合間に、花や木の名前をたくさん教えてもくれました」

少年の中には、父との思い出がたくさんあるようだった。

「でも、僕が母に口答えをすると、決まって僕が叱られました」

「なるほど、そんなことがありましたか。太一郎君は、父上をとても尊敬して誇りに思っているようですね。立派な父上だったのでしょう」

林太郎がそう言ったところ、少年は急に黙ったまま下を向いた。やがて、その縮めた肩が小刻みに震え始めた。林太郎はどうしたのだろうと様子を窺《うかが》うしかなかった。

すると、少年の足元に水滴が一粒落ちた。涙だった。また、一粒。続いて数滴、地面に落ち、乾いた土に小さな涙のしみができた。太一郎はあわてて、履いていた藁草履《わらぞうり》でそのしみを踏み消した。

林太郎は必死で泣くまいとこらえている太一郎の、重すぎる肩の荷を少しでも降ろしてやりたかった。林太郎は続けて声をかけた。

「涙が出るのは、決してその人が弱いからではないんだよ。お父上への尊敬の念が深ければ深いほど、涙はたくさん出るものなんだ。だから泣くことは弱いからでもないし、恥ずかしいことでもないんだ」

太一郎は何も言わず立ち尽くしていた。

「さあ、もう帰りなさい。呼び止めて悪かったね」

すると、太一郎は涙で潤んだ目を上げて、林太郎をまっすぐ見つめた。そして、決心したようにぺこりと頭を下げると、くびすを返して走って帰っていった。子どもらしい走り方だった。林太郎は少年が見えなくなるまで見送っていた。

そのとき、ポツリと冷たいものが落ちてきた。

――賀古が言った通りだ。

雨になりそうだった。林太郎は急ぎ足で家に帰った。

八

峰子はなえの母親、里子と親しくしている関係上、なえとも話す機会が増えていた。

すると、峰子は次第に、なえが妹のような気がしてきた。峰子は一人娘で育ったせいか、子どもの頃、妹が欲しかったのを思い出した。実際、なえくらいの年回りの妹がいても不思議はなかったし、喜美子や篤次郎《とくじろう》と同じような子どもがいるのも、なえに親近感を持つ理由になっていた。

なえが何とか元気になってほしいと思っていた頃、なえに再婚話がもたらされた。相手は初婚だったが、なえの事情をすべて分かった上で了承してくれたのである。

ありがたい話で母親の里子たちは乗り気だった。しかし、相手の人には一度会ってはみたものの、なえはまだ夫、信之助の面影から離れられずにいた。それもそうである。信之助が亡くなってまだ一年も過ぎていなかった。

なえは少しずつ、近所からの仕立物《したてもの》などを引き受けながら日常生活を取り戻してはいたが、再婚など思いもよらぬことだった。

その一方で、峰子に胸の内をこう語った。

「このまま実家に世話になっている訳にはいきません。子どもたちも立派に育てなくては。夫のためにも……」

とうとう、なえは一歩踏み出す決心をした。再婚に向けて心の準備ができると、なえの目は今までと違って、心もちきりりとして見えた。少なくとも峰子にはそう見えた。

ところが、ようやく決心がついたのもつかの間、先方から辞退したいと告げてきたのである。なえは戸惑った。

何か落ち度があったのか……。

数日後、里子にきいてきたこの話を、峰子は静男に話した。静男は盆栽に鋏《はさみ》を入れながらきいていたが、

「縁談話というものはなるようにしかなるまい。周りがとやかくいっても仕方のないことだよ」

と峰子をなだめるように言った。

九

その頃、新藤《しんどう》という名の中年の男が、なえの実家の前に立っていた。新藤は一瞬ためらったようだが、一つ大きく呼吸をすると門を開けた。彼は縁談話の相手であった。つい先日、仲人に辞退を

告げてきた当の本人の訪問に、なえはもちろん、里子たちは訳が分からず戸惑った。

「本日は謝罪とお願いに参りました」

と新藤は勧められた座布団を避け、部屋の隅で手をついた。

「一時の迷いに、一度は辞退を申し上げましたこと、誠に申し訳ありませんでした。改めて、なえさんをいただきたくお願いに上がりました」

と頭を下げたまま言った。

「どういうことか、皆目分かりません。ご説明願えますか」

それまで黙っていたなえの父が、初めて口を開いた。

新藤は意を決したように話し出した。

「わたしは一度なえさんとお会いしてすぐに、そのお人柄に接し一緒になりたいと思いました。そして、二人のお子さんもお引き受けしようと思ったのです」

そして、すぐに仲人の方《かた》に話を進めてほしいと頼んだという。ところが、

「数日して、わたしは太一郎君の訪問を受けました。尋ね尋ね来たようです」

「えっ、太一郎がお宅に伺ったのですか」

なえはびっくりしてきいた。

「太一郎君はわたしに訴えました。母との結婚はどうか止《や》めてほしいと。あまりに必死に訴えるので、わたしはそんなに太一郎君に嫌われたかと思いました。そして、そこまで無理をして結婚することもない、一度はそう思ってしまったのです」

新藤はさらに話を続けた。

「お断りするなら早いほうがいいと思い、早速仲人の方に辞退の気持ちを伝えました。しかし、わたしはなぜか居心地の悪さを感じ、その晩は寝つけませんでした。やはりわたしは、なえさんと一緒になりたい。太一郎君にはいつか分かってもらえるまで待とう、と思いました」

それで今日伺ったのです、と新藤はそこまで話すと大きく息を吐いた。

そこへ、里子が太一郎を連れてきた。なえは太一郎を叱るように言った。

「なぜ黙ってこの方のところに行ったのですか」

太一郎は口を真一文字に結び、語らない。

「なぜそんなお願いをしたのです？　答えなさい！」

母親に言われると、太一郎はいきなりわあーっと声をあげて泣き出した。

そして少し落ち着くと口を開いた。

「お父さんがいったんです。自分がいなくなったあとは太一郎が母上を守りなさい、と。頼んだぞ、と」

そして、

「僕は、はい、と返事をしたんです。約束をしたんです。だから、母上を守るのは僕でなきゃいけないんです。約束なんだ」

皆言葉がなかった。

患者の診療が一段落して、林太郎が居間で休憩していると、峰子がなえのその後の経緯を話してくれた。林太郎は、銀杏の木のある道で出会ったあと、走って帰っていった太一郎の後ろ姿を思い出した。妹の喜美子と変わらぬような歳で、父からの言葉を授けられた少年の一途な思いを想像した。

そのとき、静男が部屋に入ってきた。

思わず林太郎は父に声をかけた。

「父上、長生きしてください」

いきなり言われた静男は戸惑っていたが、やがて、

「皆が嫌がるまで生きようと思う」

と答えた。こんな冗談は静男にしては珍しかった。

なえは信之助の喪《も》が明けてしばらくすると、子ども二人とともに実家を離れ、新しい四人の生活を始めた。

第五話　肥後もっこす

一

そのとき、林太郎は誰かに自分の名前を呼ばれたような気がして立ち止まった。しばらくそのまま止まっていたが、どこからも声はなかった。

この日、林太郎は久しぶりに神田西小川町《にしおがわまち》の西周《にしあまね》邸に紳六郎《しんろくろう》を訪ね、その帰りだった。さしたる用事はなく、友だちのよしみで雑談を交わしたのである。

——気のせいか……。

林太郎はふたたび歩き始めた。

そのとき、

「森さん」

と呼ぶ声が背後からきこえた。今度ははっきりした声だった。

林太郎が振り向くと、筋肉質の頑丈そうな体軀《たいく》の若い男が、初秋の陽射《ひざ》しの下、大八車を曳《ひ》いて近づいてくるのが見えた。紺無地の短い半纏《はんてん》を羽織り、腹掛け、股引《ももひ》き姿だった。

林太郎は一見して誰かは分からなかったが、どこかで出会った人物だと思った。咄嗟《とっさ》には名前が出てこなかった。

男は大八車を林太郎のそばまで曳いてくると、

「北里《きたさと》です」

北里柴三郎《しばさぶろう》です、ともう一度名乗った。

「ああ、北里さんか」

林太郎は思い出していた。東京大学医学部時代、二学年下の後輩だった。親しく話す機会はほとんどなかったが、寄宿舎や食堂で見かけていたし、演説も何度かきいた覚えがあった。拳《こぶし》をふり上げ、熊本なまり丸出しの演説が懐かしく思い出された。寄宿舎の熊本出身者の間では、肥後《ひご》もっこすの典型だ、と評されていた。頑固者の象徴である。

「突然お呼び止めして申し訳ありません。森さんはこんなところで何をされていたのですか」

北里は首に巻いた手拭《てぬぐ》いで顎のあたりを拭きながらきいた。初秋にしては暑い、夏の名残《なごり》を感じさせる陽気だった。

「この先の、西という友だちの家に出かけての帰りです」

「ああ、西周様のお宅ですか」

「知っているのですか」

「ええ、知っています」

「そうか。だが、きみこそこんなところで何をしているのです」

林太郎はあまり眺めまわすのも失礼と思いつつ、北里の着古した腹掛け、草鞋履《わらじば》きの姿を見つめながらきいた。

「牛乳配達をしています」

大八車の荷台には、大きな丸い筒状のブリキ罐《かん》が数個置かれていた。牛乳罐から配達先で器に小分けし、小売りもするのだという。

——そうだったのか……。

林太郎は胸の中で、合点した。西周邸に寄寓《きぐう》していた頃や、訪問した際、何度も牛乳やミルクティー、コンデンスミルクなどを口にしたものだが、その一部は北里が配達した品だったかもしれなかった。

「この時間には、いつも配達に？」

林太郎はたずねた。当然、学校は始まっているし、時刻はまだ夕方前で、授業中のはずである。休学しているのだろうかと想像した。相手の境遇をたずねるほど親しくはなかったが、成り行きでの問いかけだった。

「毎日ではありませんが、昼間は週に何回か配達に出ています」

「そう。授業は？」

「配達中は休んでいます。今日の午前の授業は出ました」

「たいへんですね」

姿から判断するに、北里は日常的に配達に従事しているようだった。この時代、大学は進級試験には厳しく、成績の順位も厳格だったが、授業への出席はそれほどやかましくなかった。

「弟を熊本から呼び寄せ、大学に通わせていますので……」

あとは喋《しゃべ》らずに、北里は分厚い唇を真一文字に結んだまま、短く刈った頭を手拭いで撫で回した。

林太郎は北里に苦学生の姿を見た。自分ばかりか、弟の学費や生活費を捻出《ねんしゅつ》しているのである。

大八車を曳いて回る重労働に鍛えられたのか、北里の肩の筋肉は盛り上がっている。短い首が、なおさら短く見えた。

考えてみれば、森家は裕福ではなかったが、学生時代、林太郎が働きに出て生計を支えるほど困窮はしていない。北里の生活ぶりを見ると、自分の恵まれた環境を感じざるを得なかった。

北里は手拭いを元の首に巻きつけながら、

「呼び止めて失礼しました」

この先に配達がありますので、と梶棒《かじぼう》を持ち上げ、ふたたび大八車を曳き始めた。

「気をつけて」

と答えながら、林太郎は北里を見送った。

大八車の速度は意外に速く、横道を曲がってすぐに見えなくなった。

二

それから数日後、橘井堂《きっせいどう》医院の診療が終わり、林太郎も静男もくつろいで一息入れていると、いきなり、診察室の扉が開き、血相を変えた男が飛び込んできた。

「先生、診《み》ていただきたい人がいます」

「北里。北里ではないか」

思わず林太郎は叫んでいた。半纏、腹掛け姿の男は紛れもなく、北里柴三郎だった。

「どうした、北里」

林太郎は落ち着かなければならないと思い、冷静な声で応じた。

「人力車で社長を連れてきました。下痢気味なのですが、コレラかもしれません」

と北里は言った。

「コレラ」

今度は静男が驚きを口にした。コレラは、この頃、人々に最も恐れられていた流行病《はやりやまい》である。「コレラころり」「三日コロリ」などと称され、衰弱し、たちまち死に至る原因不明の病として恐怖の的だった。

早速、北里と書生が手伝い、人力車の男を診察室に連れてきた。顔色の悪い三十代半ばの男が、両脇から抱えられていた。松尾健次《まつおけんじ》という名で、麴町《こうじまち》区飯田町にある牛乳会社・長養軒《ちょうようけん》の社長だった。北里が働く会社の社長である。

静男は診察台に横たわった松尾を入念に診察し始めた。

松尾は筋肉質で頑丈そうな身体《からだ》つきながら、見るからに憔悴《しょうすい》しきっていて、肌の艶も失われている。ひときわ大きな目が印象的で、健康なら快活に映るだろうが、今は力なく見開いているだけだった。

「社長は吐き気があって下痢気味なのですが、何かいつもの下痢と違うと心配しているのです」

北里は息も絶え絶えの松尾に代わって説明した。

「何か腹をこわすような食べ物を口にしましたか」

静男が腹部を触診しながら松尾に問いかけた。

「いえ、何も。鶏鍋《とりなべ》で豆腐を食べ過ぎたくらいです」

松尾は顎をわずかに上下させ、弱々しい声音《こわね》で答えた。威厳に満ちた立派な口髭《くちひげ》が震えている。

「そうですか」

静男はうなずきながら、慎重に診察を続けた。

「先生。コレラでしょうか」

松尾は静男の顔を窺《うかが》うようにきいた。

「いえ、まだ何ともいえません」

静男は触診を続けながら答えた。

コレラの場合、突然、激しい下痢や嘔吐《おうと》にみまわれ、急速に体力が失われて、痙攣《けいれん》も起こる。それが過ぎると、体温が下がり寒気がおさまらず意識も朦朧《もうろう》とする、といった経過をたどり、その間に命が奪われる例がよく見受けられた。

松尾の場合、便は水溶性だが、コレラに特徴的な米のとぎ汁様は呈していないという。まだ診断を下すには早く、経過を観察する必要があった。

静男は診察を終えると、

「では、治療に入りますが、ここは設備がありませんので旅館のほうに移りたいと思います」

と言って準備を促した。

旅館とは入院治療が必要なときに使っている近場の馴染《なじみ》の宿屋だった。早速、松尾を戸板に載せ、林太郎をはじめ、書生の山本、遠藤、それに北里も加わり、旅館に運んだ。

静男は治療を始めた。

この頃、コレラの治療には、外用薬の芥子泥《けしどろ》と内服薬の芳香散《ほうこうさん》の併用が一般的だった。からし粉を熱い酢で練って布に延ばし、みぞおちに貼るのが芥子泥である。その上で、桂枝《けいし》、益智《やくち》、乾姜《かんきょう》の三種の生薬《しょうやく》から成る芳香散を服用させ、腹痛や便通異常の改善を図った。治療といっても、確定した治療法はなく、現実は民間療法的な対応でしかなかった。

だが、静男はこの治療法を選ばず、松尾を旅館の一室に安静にさせると、阿片《アヘン》とキニーネを配合した薬剤を飲ませた。それから女将《おかみ》に風呂の準備をするよう依頼した。

――風呂に……。

林太郎は不思議に思った。憔悴した患者を入浴させて大丈夫かと案じられた。林太郎ばかりでなく、北里も怪訝《けげん》そうだった。

やがて風呂が沸くと静男は湯殿に向かい、松尾を湯船に浸《つ》からせた。

「では、肩まで浸かってください」

静男は湯船の脇から指示した。

松尾は言われるまま、湯船に身を沈ませた。

しばらくして、静男が、

「気分はどうですか」

と問いかけた。

「吐き気がおさまってきたような気がします」

松尾はそのまま気持ちよさそうに肩まで湯に浸かっていた。

松尾の額《ひたい》にうっすら汗がにじみ出る頃、静男は、

「このへんで上がりましょう」

と松尾を風呂から上がらせ、部屋に戻ってふたたび安静に寝かせた。

やがて、松尾は寝息をたて始めた。

三

静男たちは隣室に移動した。

一同、あわただしい時間が過ぎて一息入れているものの、油断できない状況だった。

「コレラの治療で風呂に入れるとは知りませんでした」

北里は正直に驚きを口にした。

「これはポンペ式のコレラ治療法だ」

と静男は言った。

ポンペは安政四年（一八五七）に来日したオランダ人医師で、五年にわたり長崎に滞在する間に西洋式近代病院を建て、松本良順《まつもとりょうじゅん》や司馬凌海《しばりょうかい》など多くの医師を育てた。日本の近代医学の発展に寄与している。

「ポンペ先生は医学指導のかたわら、患者を熱心に診察していた。ちょうど安政五年に長崎でコレラ患者の治療にあたっているとき、不幸にもコレラに罹《かか》ってしまった」

「ポンペがコレラに……」

林太郎は初耳だった。治療中に医者が患者から病気を染《うつ》される例は珍しくない。伝染病の怖い一面だった。

「じつは、ポンペ先生の指導を受けていた松本良順先生もまたコレラに罹った。そのお二人が生死を彷徨《さまよ》う中でとった治療法が、このポンペ式コレラ治療法だ」

静男によると、コレラのパンデミック（世界的大流行）が起こった欧州で治療法が模索される中、効果が期待される方法が阿片とキニーネを服用し、加えて入浴する治療だった。ポンペがそれをドイツの文献の中に見つけ、みずから試みてコレラに打ち勝ったのである。

静男は幕末期の江戸で松本良順主宰の松本塾に学んでいるときに、それを良順から直《じか》にきいたのだった。

「先生。松尾社長はコレラなのでしょうか」

北里は心配そうにたずねた。

「分からない。だが、確かにコレラの初期症状を呈している。そこで、ポンペ式で先手を打って抑え込む算段をとった」

静男はそう応じてから、逆に問いかけた。

「それより、あなたはどうして松尾さんをわたしのところに連れてきたのだ。医院なら近くの飯田町にあっただろうに」

「社長は衛生医療に詳しい医師に診てもらいたいといいました」

北里はさらに言葉を継いだ。

「わたしはこの千住にも配達に来ていますので、お父上が郡医を務めておられ、地域の衛生業務のお仕事をされているのを知っていました」

「そうだったのか」

静男はただうなずくばかりだった。

郡医として静男は地区医師会の衛生や防疫の委員を務めている。無料で診療する週に二日の施療《せりょう》日《び》には、評判をききつけて大勢の人が押しかけていた。地域に根差した医療を実践しているのが静男だった。

「しかし、それ以上に社長は世間の噂《うわさ》を一番心配しているのです。もしコレラですと、会社の存続が危うくなります」

「きちんと治療すれば体力は回復し、大丈夫、事業に専念できる。ところで、その噂というのは何かね」

「牛乳を飲むとコレラに罹りやすくなるというのです」

「どういう意味かね」

静男は首を傾《かし》げた。

滋養食品として昔から鶏卵と鰻《うなぎ》が代表格だったが、明治に入って牛乳が加わり、贅沢品《ぜいたくひん》ながら牛乳の需要が伸びていた。

「コレラの便と牛乳の色が結びついてしまったようです」

コレラ患者の便は米のとぎ汁様を呈していて、確かに牛乳に似ている。

「おかしな噂のために、このところ牛乳の売れ行きが減っています。その上に牛乳会社の社長がコレラに罹ったとなれば、それ見たことかと、あらゆる非難と中傷がわが社に押し寄せるでしょう」

北里は眉根を寄せたままだった。

――世間の噂……。

林太郎はあらためてコレラの恐ろしさと影響力の大きさを認識した。人々のコレラへの恐怖が根も葉もない噂を増幅させている。それもこれも、コレラの原因と治療法が確立していないためだった。パンデミックは国家や地域、身分、年齢を問わず襲いかかり、市民生活を根底から脅かすのである。

「どうであれ、今は松尾さんの容態を見守りたい」

そう言って、静男は立ち上がった。

書生の山本を看護役として残し、静男をはじめ林太郎たちは、ひとまず橘井堂医院に戻ることにした。

医院の前まで来ると、門前に七、八人の男たちが群がっていた。木刀を握っている男もいた。地元民らしいが、見知った顔はなかった。

ひときわ背の高い男が一歩前に出てきて、

「あんたがここの医院の責任者か」

と顎をしゃくりながらきいた。

「わたしが院長の森だ」

静男は落ち着いて答えた。

「あんたのところでコレラ患者を診ているときいた。本当か」

「流行病《はやりやまい》を必要以上に恐れる必要はない。たとえそれがコレラ患者としても、感染予防に注意を払い、隔離を徹底した上でいかに早期に治療に入るかだ」

「そんなことはきいてない。コレラ患者がここにいるかどうかだ」

「いるとも、いないともいえない」

「なにっ」

と男は気色《けしき》ばんだ。

「病状がはっきりしないうちは診断がくだせない。病気というのはそういうものだ」

静男は冷静だった。

「コレラ患者がいるんだな。ごまかすな。こんな医院は信用できない。危険なコレラ医院は閉鎖しろ」

男は拳を突き上げた。

すると、押しかけた男たちは、そうだ、そうだと同調し、

「コレラ反対！」

「コレラ出て行け！」

と口々に叫んだ。

「安心しなさい。わたしはコレラ患者を何人も診た経験がある」

静男は男たちをなだめにかかった。

そのとき、林太郎の頭を千葉で発生した事件がよぎった。四年前、コレラが流行していた鴨川で献身的にコレラ患者に対応していた医師が、地元民の手によって撲殺されたのだった。住民のコレラに対する無知と恐怖が招いた悲惨な事件だった。

橘井堂医院に押しかけた男たちは、拳を突き上げ静男に迫った。

四

そのとき、静男の前に進み出て両手を広げ、男たちを制した者がいた。

北里だった。

「待ってください」

と北里は叫んだ。

「何だ。どけどけ」

先頭に立って叫んでいた背の高い男が、威嚇《いかく》するように北里に歩み寄った。

北里は両手を広げたまま、

「森先生はコレラを必要以上に恐れることはないといわれている」

信じてください、と訴えた。

「コレラ患者は危ないんだ」

男が激しく言い寄ると、周りの男たちは呼応して、

「コレラ反対！」

「近所迷惑だ！」

「コレラ出ていけ！」

と北里に詰め寄った。木刀を振り上げている者もいた。

後年――、細菌学者となった北里柴三郎はこれと同じような場面に出合っている。北里は、明治二十五年（一八九二）十一月、福澤諭吉《ふくざわゆきち》や森村市左衛門《もりむらいちざえもん》などの支援を受けて、芝区芝公園に日本初の伝染病研究所を設立したものの、手狭になり、愛宕町《あたごちょう》に移転する運びとなった。その計画に対し、伝染病研究は危険だとして、芝区の住民から建設反対運動が持ち上がり、北里はその対応に追われ研究や治療どころではなくなった。新伝染病研究所建設は、政治家を巻き込み、一大社会事件となった。このとき、北里の強い味方となったのが衆議院議員の長谷川泰《はせがわたい》だった。〝ドクター・ベランメー〟の異名を持つ長谷川は、国会で西欧諸国の医療施設の例などをひき、研究所建設を後押しす

る大演説をぶった。論議が交わされ、予算も決まるうち、反対運動は次第に収まったのだった。

「信じてください。先生はコレラの対応に詳しい医者です」

北里は長身の男を見上げながら言った。

「おまえは何者だ。引っ込んでろ」

男は北里を突き飛ばすと、ふたたび静男の前に立ちはだかろうとした。

そのとき、

「なんばしょっとか」

と熊本弁で叫んで起き上がった北里は、ふたたび、男の前に両手を広げた。大八車を曳く牛乳配達で鍛えた太い腕と、頑丈な身体《からだ》が仁王立ちとなった。

「邪魔だ。どけ」

と男が、再度、北里をはねのけようとすると、北里は素早く男の手を摑《つか》んでねじ上げ、そのまま地面に押し倒した。

「静かにせんかい。先生を信じるんだ」

北里は男を組み伏せて、声を荒らげた。

男はうつ伏せのまま低くうめき声を上げている。ほかの男たちは声もなく後ずさりしていた。

「信じてもらえますか」

北里は手をゆるめ、少し落ちついた声で言った。

「分かった。分かった」

と男は観念してうなずいた。

「争いはそこまでだ」

と静男は穏やかな口調で諌《いさ》めた。そして、男に手を貸して立ち上がるのを手伝い、胸前についた土埃《つちぼこり》を払ってやった。

それから男たちを見渡し、

「世間の噂に振り回されないでください。コレラは怖い病気だが、過度に恐れる必要はない。慎重に判断し、的確に対応すれば大事に至らない」

と静男は男たち一人一人に顔を向け、大丈夫だ、と言い添えた。

「ただ、注意するに越したことはない。この中に感染者がいる可能性もある」

「まさか。先生、こんなに元気なのにコレラのはずがありません」

長身の男が神妙に応じた。

「それは危険な考えだ。どんなに元気そうに見えても、コレラに感染している可能性はある」

それが流行病《はやりやまい》の怖いところだ、と静男はふたたび男たちを見渡した。

男たちは息をひそめている。

「もしあなたたちの誰かが身体《からだ》の異変を感じたなら、いつでも来なさい。それと、普段は清潔を心がけ、飲料水を管理し、他人の糞便には手を触れないことだ。それだけで、多くのコレラは予防できる」

静男の注意に男たちはうなずき、黙ったまま門前を離れていった。

林太郎たちは、男らが日光街道のほうに向かって歩いていく後ろ姿を見送っていた。

五

牛乳会社・長養軒社長の松尾健次は旅館におさまった夜から低体温をきたし、便も米のとぎ汁様を呈してきた。コレラにみられる症状だった。これに対し、静男は薬を処方しつつ、白湯《さゆ》を飲ませ、滋養食品を摂取させた。加えて、入浴療法も続けた。病状は一進一退で、油断できない状態であった。北里も旅館に泊まり込み、熱心に松尾の看護にあたった。

危険な状況を脱したのは、十日ほどを経てからだった。ポンペ式のコレラ治療法が効を奏したといえた。体調は次第に回復し、旅館を出るときは、もともと体格がよいだけに足取りも力強かった。大きな目は輝き、口髭も生気を戻して張っていた。

静男は安堵《あんど》し、

「変われば変わるものだ」

とその回復ぶりに驚きつつ、そう口にした。

それから数日後、林太郎が午後の往診から帰ると、静男が、

「さっき松尾さんがお見えになった」

と言った。

「お元気でしたか」

この日、残暑の中、かなりの往診件数をこなしたので、林太郎はいつになく疲労を覚えていた。

「ああ、すっかり元に戻っている。今日の診察も必要ないほどだった」

「それは何よりでした」

林太郎はそう言う一方で、静男がコレラに感染しなくてよかったと安堵していた。感染の危険は林太郎自身の問題でもあり、油断できなかった。松尾の一件で、あらためて職業としての医師の危険性を再認識したのだった。

「松尾さんは帰り際、林太郎に会いたいというので、明日の夕方なら家にいると伝えておいた」

「会いたい？　わたしに、ですか」

林太郎は自分を指さして静男にたずねた。

「そうなんだ。わたしも念を押したのだが、確かに林太郎に会いたいようだ」

「わたしに会ってどうしようというのでしょう」

「さて、それは分からないが、何かききたいことがある様子だった」

「そうですか……」

林太郎はうなずいたものの、用件は思い当たらなかった。

——いったい、何だろう？

いくら考えをめぐらせても、皆目、見当がつかなかった。つい悪く考えてしまうのは、残暑の陽射しの中、汗をかきながら往診して回った疲労のせいだろうと思った。そして、読みかけの本を手にとるのだが、読書にも身が入らなかった。

翌日、松尾健次は約束通り、診療時間が過ぎた夕刻に上等な和服姿であらわれた。

「お忙しいところ申し訳ありません」

松尾は丁寧にお辞儀をした。北里が人力車で連れてきたときのやつれた様子もなく、元気そうだった。社長らしい威厳も備えている。

「わたしにききたいことがあるとか。何でしょう」

林太郎はやや警戒気味だった。

「北里柴三郎についておききしたいと思っています」

「北里……」

林太郎はおうむ返しにつぶやいていた。

「北里はわが長養軒で働いています」

松尾は言った。

「はい、知っています。配達中の彼に会いました」

「見ましたか、あの大八車を曳いている姿を。彼は配達ばかりでなく、牛乳の品質管理も担当しています」

ほかに作業場の環境衛生の管理、外国文献からの情報の入手、乳牛の輸入手続きなど、重要な仕事をこなしているという。

「たいへんな働き者で、わが社にとって欠かせない人材です」

「そうでしたか」

林太郎は、北里がそれほど牛乳会社で頼りにされているとは知らなかった。

「森様は大学で北里の二年先輩ときいています。間違いありませんか」

「間違いありません。わたしの後輩にあたります」

「そこでおききしたいのは、北里の評判です。北里は大学でかなり暴れているとききました」

本当ですか、と松尾は林太郎の反応を窺うような目を向けた。

「暴れている？」

「暴れ者だという話をききました」

「さて、何でしょう……」

林太郎は考え込む顔になった。急に言われても思いつかなかった。ただ確かに、北里が中心となって寄宿舎で「同盟社」と称する学生たちの結社をつくり、政治や外交、教育など、あらゆる問題について激しく議論し、声高に演説したりしていることは見聞きしていた。学生たちに呼びかけ、授業を欠席する同盟休学も実施している。これらは青年期にありがちな客気《かっき》に駆られた行動であろう。またときには、夜半にうどん屋を呼び、寄宿舎の二階から籠をおろして受け取り、そのまま支払いを平気で踏み倒したりする、羽目を外した事件も起こしていた。

「北里は結社を率いていましたが、暴れ者というのは当たらないと思います」

林太郎は松尾の疑念を払拭《ふっしょく》したかった。北里は裏表のない真っ直ぐな男で、決して単なる暴れ者ではなかった。

「ただ、演説好きで、熱弁をふるい、その内容は強い調子がありました」

林太郎は、拳を振り上げ熊本弁で寮生たちを鼓舞する、北里の姿を目に浮かべながら言った。

「どんな内容なのでしょう」

松尾は興味をそそられた様子だった。

林太郎が北里のその演説をきいたのは、寄宿舎の食堂だった。机の上に載って熱弁をふるう北里の周りには寄宿生たちで人だかりができて、身動きがとれないほどだった。北里が演説で強調したのは、医者の独立心と矜持《きょうじ》だった。

——従来の医者が、おのれの保身と金儲《かねもう》けに終始し、あまりにも権力者や富裕者に媚《こ》びへつらったために、世間から蔑視されるようになった。「医者、巫者《ふしゃ》、坊主」と揶揄《やゆ》される言葉がまかり通っているのは、じつに嘆かわしい。医学は人々を病から救い、苦しみを解放する。それを実施する医者は崇高な職業であり、その責務は重い、自覚せよ。

北里はそう訴えた。

北里は会場内に、手書きした『医道論』を数部、閲覧用に回していた。医学に対するおのれの熱い主張を綴《つづ》った全十五頁ほどの小冊子だった。医者は大衆を教育して健康にするために、一生をかけるに値する仕事である、と記してある。

東京大学は明治十年（一八七七）、東京開成学校と東京医学校とが合併してできた。当時、大学では法・理・文が主流で、医学部は下位に見られがちだった。それが北里には我慢ならなかった点でもあった。

「北里の演説は激しいものがありましたが、嘘偽《うそいつわ》りのない性格で、肥後もっこすの見本のような人間です」

林太郎の正直な感想だった。

松尾は居ずまいを正して話し始めた。

「今のお話で北里の人柄がよく分かりました。じつは、北里を娘の相手にどうかという人物がいまして、彼の本当の人となりを知りたがっているのです。そこで、失礼とは承知の上で、今日、こうして伺ったのです」

「そうでしたか……。松尾さんが跡取りにとお考えではないのですか」

後継者として恰好《かっこう》のように思えた。

「わたしではありません。じつは、わたしの兄です」

「お兄様？」

「そうなのです。兄の臣善《しげよし》は配達に来る北里の働きぶりを見て、娘に北里を、と思ったようです」

「そうなのですか」

「今日、森様からきいた話を、兄にそのまま伝えるつもりです」

「お兄様に気に入られるといいのですが」

「きっと安心すると思います」

「そうですか」

朴訥《ぼくとつ》ながら一途な性格の北里は、松尾の兄の目に適《かな》うだろうと林太郎には思えた。

それから松尾は牛乳の効用や牧場の経営を少し話して帰っていった。

六

秋の深まりを感じさせるある日、北里が橘井堂医院を訪ねてきた。配達の恰好で、半纏を羽織り、腹掛け、股引き姿だった。

「どうしました。急に」

林太郎は驚きつつ、北里を迎えた。午後の時間帯で、この日、静男は往診で留守だった。

「いえ、今日はこちらのほうに配達がありましたので、お礼方々、伺いました」

急で申し訳ありません、と北里は頭を下げて続けた。

「その節はたいへんお世話になりました。体温が急低下し社長がうわ言をいい始めたときには、もうだめかと覚悟しました。しかしお父上の治療で、社長はすっかり元気になりました。コレラは本当に恐ろしい病気だと思います」

北里は配達先の顧客の中にコレラに罹ってたちまち命を落とした人が何人かいて、コレラの怖さを身近に感じていたと話した。

「その意味でも、お父上は感染の危険がありながらコレラに立ち向かってくださいました。わたしたちはどんなに力強く感じたか分かりません」

お父上のあの勇気と使命感を、わたしも医者になったなら手本としたいと思いました、と北里は言った。

北里が父を尊敬し、高く評価したので、林太郎はうれしく感じ、誇らしくもあった。

「先日、松尾さんがこちらにいらしたときに、よもやま話をしました。そのとき、松尾社長のお兄様が君をたいへん評価しているときました」

「お陰さまで」

と北里は言って、その先の言葉を呑《の》み込んでいた。

林太郎がしばらく待っていると、

「その兄の次女といずれ結婚すると思います」

と恥ずかしそうに口にした。

「そう。それはよかった。おめでとうございます」

兄の目に適ったのだと林太郎は思った。

長養軒社長・松尾健次の兄は、臣善といい、大蔵省の官吏だった。経理、会計に明るく、のちに第六代の日本銀行総裁に就任している。北里はその次女、乕《とら》と卒業直前の明治十六年（一八八三）四月に結婚した。北里は数え三十二歳、新妻は十七歳だった。

「わたしはいつの日かヨーロッパに行きたいと思っています」

北里は自分の将来を口にした。

「ヨーロッパに……。留学ですか」

林太郎は自分と同じ考えの人物が目の前にいると思った。

「熊本で教えを受けたマンスフェルト先生と約束しました」

マンスフェルトは北里の熊本医学校時代の師だった。オランダ海軍の軍医で、慶応二年（一八六六六）に徳川幕府に招聘《しょうへい》された。厳格な性格で、遅刻を認めず、自身は契約期間中、休暇を取らずに無欠勤だった。基礎医学と語学を重視し、日本に都合、十四年滞在している。

「先生から、東京に出て、さらにヨーロッパを目指せといわれました。叶《かな》えたいと思っています」

北里は唇を真一文字に閉じ、決意をあらわにした。

「そうですか。ご成功を祈ります」

林太郎は同志のように感じ、自分も希望を叶えねばならないと胸に納めていた。

後年――、林太郎は明治十七年（一八八四）六月、数え二十三歳のとき、ドイツ留学を命じられた。一方、北里は翌年十一月、三十四歳で内務省からのドイツ派遣が決まった。

やがて、二人はベルリンで邂逅《かいこう》する。

第六話　幻のろくじん散

一

林太郎が庭先に出てみると、父の静男が木槿《むくげ》の生垣《いけがき》に向かって佇《たたず》んでいた。

「父上。お茶の時間ではなかったのですか」

と林太郎は問いかけた。診察の合間に自室に籠《こ》もり、一人で茶を喫して休憩するのが静男の習慣だった。

「うむ。ちょっと気になって見にきたのだ」

生垣には木槿の花がいくつか咲いていた。

「この花も、もうしばらく時間が経つとしぼんでしまう」

はかないものだ、と静男は言った。木槿は朝に咲き、夕刻にはしぼむ一日花《いちにちばな》である。この日の静男は妙に悲しそうだった。

「花をご覧になっていたのですか」

林太郎も木槿に近づいた。枝の先端部に五弁の白い花が開いている。花びらの中央部に、雌しべが塔状に突き出ていた。

「いや、そうではない。これを見ていたのだ」

静男は手にした一枚の木槿の葉を、林太郎に渡した。

朝方に降った小雨の名残《なごり》か、葉全体がしっとりと水分を含んでいた。

「面白いものだと思ったので見ていた」

と静男は言って続けた。

「葉の表面に筋が走っているだろう。その葉脈《ようみゃく》の形と木槿の木全体の枝ぶりとが、じつによく似ているのだ」

五センチほどの大きさの葉の表面には、中央に一本の太い筋が走り、そこから左右に細い筋が枝分かれしている。

「どうだ。似ていると思わないか」

静男は林太郎の反応を楽しむように見つめた。

林太郎は言われるまま、葉脈と木槿の枝ぶりを見比べた。

「考えたこともありませんでした。そういうものなのですね」

「そう思ったか。だが、ちょっとわたしの考え過ぎかな」

静男は小さく笑ってから、木槿の繁みをかき分け、中腰になって中を覗《のぞ》き込んだ。

「それと、ここに蜘蛛《くも》がいたのだが、どこにも見当たらないのだ」

「蜘蛛ですか」

林太郎は真剣に蜘蛛を探す父親に驚いていた。

「そうだ」

答えながら、静男はなおも覗いている。

やがて、諦めたのか、

「いないようだ」

と言いながら部屋に戻っていった。

静男が立ち去ったあと、林太郎は庭に佇み、しばらく一枚の葉と木槿の枝ぶりを見比べていた。

そして父と同様、木槿の繁みに蜘蛛を探してみた。

――蜘蛛を見つけてどうするのだろう?

父の行為が不可解だった。

林太郎は蜘蛛がいないのを確かめてから、その場を後にした。

二

この日の夜、林太郎が居間に向かうと、母の峰子は裁縫に余念がなかった。

「ご熱心ですね」

林太郎は峰子の手元を見つめていた。

「あまり根をつめないでください」

「大丈夫ですよ」

と峰子は少し頬をゆるめると、

「亀井様からまた頼まれましてね」

と言った。旧津和野藩主の亀井家との交流は、森家が向島《むこうじま》から千住に転居してからも続いていた。裁縫の腕を見込まれて、峰子には何かと仕立物《したてもの》の注文がきていた。

「父上は？」

林太郎は静男がいないのを不思議に思った。

「もうお休みですよ」

「お早いですね」

まだ八時前だった。

「お父様は少しお疲れかもしれません」

峰子は手を止めて言った。

「疲れておられるのですか」

この日の父親はどこか悲しそうだったが、疲労の様子は見受けられなかった。

「施療日《せりょうび》の患者さんも限度以上に診《み》ておられます。律義《りちぎ》な方《かた》なので、手をゆるめて休むといった器用な振舞いはできないのです」

「それは常々感じています」

どのような場合にも、患者のために全力を尽くすのが父の生き方である。施療日には無料で診察が受けられるので、いつも患者が医院の外にまであふれるのだった。

そのとき、林太郎は庭での父親を思い出した。

「そういえば、木槿の花が夕方になるとしぼんでしまうことに、憐れを感じておられるようでした」

「そうですか。お父様は植物にことのほか愛着を持っておられます。夕方にしぼむ木槿の花は、はかなさを象徴していますから、感じるものがおありだったのでしょう」

「お疲れだったたから、ことさら憐れを感じられたのかもしれません。それと、木槿の葉脈と枝ぶりとが似ているともいわれていました」

「ほう。それはお父様らしい観察ですね」

峰子はうなずいていた。

「何かわが家の話をしているような思いがします」

何気ない母の一言だった。

「どういう意味ですか。母上」

「親と子は似るのでしょう。幹と枝が親ならば、葉は子どもといえます」

「もしかして……」

林太郎は庭に佇む父を思い浮かべていた。

「父上はそれをわたしに伝えたくて話したのでしょうか」

「さて、どうですか。でも、お父様の生き方を見ているど、それが林《りん》さんに反映しているとも思えますね」

「そうですか」

「人当たりは穏やかですが、芯は強い方《かた》です。わたしはお父様に志士を見ています」

「志士ですか……」

「学問の志士です。津和野に残って医業を営めば、それはそれで済んだでしょう。そういう一生もあったはずです」

しかし、その道は選びませんでした、と峰子は言った。強い調子だった。

静男は若い頃、医学を志して長崎に蘭学を学ぶ場を求めた。森家に入って漢方を修得してからは、向学心に燃えて江戸と佐倉に留学し、蘭方を修めている。

「お父様の向学心は、林さんに引き継がれているとわたしは信じています」

と峰子は林太郎を直視した。

「林さんも志士になってください」

そう言って、峰子はふたたび針を動かし始めた。

林太郎は、

「胸に刻んでおきます」

と深く一礼して部屋を辞した。

三

翌日の午後、林太郎が診察室に入っていくと、書生の遠藤が手持ち無沙汰《ぶさた》に椅子に腰かけていた。蓬髪《ほうはつ》を後頭部で束ねている。北国育ちのせいか色白で、背が高い。全体に線が細く、ぼんやり座っていると、余計、寂しそうに映った。

「遠藤君、一人か」

林太郎はきいた。

「ええ。大先生《おおせんせい》と山本は一緒に往診に出かけました」

「そうか」

と林太郎は応じながら、患者があらわれるまでの時間を診療録の整理に当てようと思った。

そのとき、遠藤の前に置かれた薬包紙が目に入った。紙の上には黒い小粒の玉が、十粒ほど載っている。

「この丸い玉は何かね」

林太郎は小粒の玉を覗き込んだ。

「これは越中富山の反魂丹《はんごんたん》です。わたしの故郷《くに》でもよく飲まれている伝承薬です」

「反魂丹か……」

林太郎も知ってはいたが、実物を見るのは初めてだった。

「どうです。一粒舐《な》めてみませんか」

と言いながら、遠藤は薬包紙を林太郎に差し出した。

「物は試しだな」

林太郎はそう言って、一粒つまんで口に入れた。舌を刺激する苦味が走った。

林太郎が顔をしかめると、遠藤は笑いながら、

「良薬口に苦しですね。わたしは子どもの頃、お腹《なか》をこわしたときずいぶん世話になりました」

と言った。越後出身の遠藤は、隣国からもたらされた反魂丹に助けられたようだった。

「確かに、これが効けば、良薬口に苦しだ。故郷元《くにもと》から送ってきたのか」

「いえ。大先生に随行したとき、往診先でいただきました」

「ほう。そこは持薬《じやく》にしているのかな」

「親戚に富山の人がいるらしく、送られてきたのでしょう。永尾貞平《ながおさだへい》さんです」

「ああ。四丁目の貞平さんか」

林太郎の往診名簿に入っている患者だった。

八十を超えた老人である。米作りで生きてきて、年相応に身体《からだ》に不自由を抱えているものの、娘の介助もあり、おおむね日常生活に支障はなかった。腰と心臓に不安があり、静男や林太郎の手当てを受けながら日々生活している。

「貞平さんがいうには、大先生のところにもその昔、森家創製の家伝薬があったとの話でした」

「家伝薬……。森家に？」

林太郎には初耳だった。そのような家伝薬の存在すら知らなかった。

「貞平さんは、向島の亀井家に出入りしていた知り合いの植木屋からきいたといっていました。ろくじん散という名前です。そればかりか植木屋は分けてもらったようです」

「そのろくじん散は何の薬なのだろう」

「お腹《なか》一般のようです」

「反魂丹に似ている。効いたのかな」

「さて、そこまではきいていません」

遠藤は手を左右に振った。

「父上はそのとき、何と話されていた」

「特に何も。診察に集中されていました」

遠藤はそう言って、待合室の患者を呼び込む準備に取りかかった。


この日の診療が終わって、林太郎は一人診察室で診療録の整理を済ませ、遠藤からもらった反魂丹を見るともなしに眺めていた。

すると、静男が入ってきて、

「林太郎。何を見ている」

ときいた。

「反魂丹です。遠藤が子どもの頃よく飲んだといっていました。わたしも少し舐めてみましたが、苦くて今でも口に残っています」

匂いも強烈です、と林太郎は故意に顔をしかめて見せた。

「それは配合されている黄連《おうれん》や熊胆《ゆうたん》のせいだろう。越中の黄連は最上品だ。良質で知られている」

「まさに良薬口に苦しですね」

「そうだな。良薬が口に甘いといいのだが」

静男は小さく笑った。

「そのとき遠藤にきいたのですが、永尾貞平さんの話では、わが森家にもその昔、家伝薬があったとか」

本当ですか、と問いかけた。

「ああ。それは……」

と静男は少し言い淀《よど》んで、

「あるにはあったのだが、作らなくなった」

「ろくじん散とか」

「そうだ。いつの間にかなくなってしまった」

消滅したのを残念に思っているのか、静男の声音《こわね》は小さかった。

「何の薬なのですか」

「胃腸の薬だった」

「そうですか。なくなったのは惜しい気がします」

「そうだな」

うなずくと、静男は剪定鋏《せんていばさみ》を手にして、窓辺に並んだ盆栽の手入れを始めた。

林太郎はろくじん散についてもう少しききたいと思った。しかし静男の後ろ姿には気のせいか、問いかけを拒んでいるような気配が感じられた。

——森家の家伝薬。

どんな薬なのか気になったが、それ以上きかずに林太郎は自室に向かった。

静男はまだ盆栽の手入れに余念がなかった。

四

林太郎が向島小梅村《こうめむら》の亀井家の門前に立ったとき、急に陽《ひ》が射して明るくなった。それまで厚い雲が垂れ込めていて、いつ雨になってもおかしくない空模様だった。初秋の陽射しに、黒板塀の表門が影もなく映えている。

この日、林太郎は母峰子に頼まれて、仕立物の結城紬《ゆうきつむぎ》の単衣《ひとえ》を持参したのだった。ついでにと、静男は旧藩主茲監《これみ》に届ける持薬を託した。

久しぶりに訪れた亀井邸である。江戸期、この邸宅は津和野藩主・亀井家の下屋敷だった。林太郎が静男とともに明治五年（一八七二）七月に津和野から上京した折、一ヵ月ほど寄留した場所である。茲監の招きで上京の幸運が舞い込んだのだ。

——ここから東京の生活が始まった。

表門を仰ぐと、十一歳だった当時の記憶が甦《よみがえ》ってきた。不安と期待が入り交じり、林太郎は思わず、父の手を強く握った。その父の手のひらが汗ばんでいるのを感じ、そっと父の顔を仰いだものだった。父は黙ったまま、家僕があらわれるのを待っていた。

この日、林太郎が通された部屋は、上京時しばらく父とともに生活した和室だった。亀井家十二代当主・茲監は留守で、養子に入った茲明《これあき》が面会した。

「久しぶりです。林太郎さん」

林太郎より一歳年上で、同世代の間柄だった。西周《にしあまね》の指導を受けて明治十年（一八七七）に学術の先進国イギリスに留学し、昨年帰国したばかりだった。面長な顔立ちは、品位と聡明さを感じさせた。だが顔色は優れず、痩せて虚弱な体型で、持病なのか、いつも小さな咳《せき》をしていた。

「ご無沙汰しております」

相手は旧藩主の嗣子《しし》である。粗相があってはならない。林太郎は深くお辞儀をした。

後年、林太郎のドイツ留学中に、茲明も留学してきて、ベルリンで林太郎が茲明のためにドイツ語習得の道筋をつけている。

「ご両親はお元気ですか」

茲明がきいた。名家、藤原北家堤《つつみ》家《け》の出で、言葉つきは万事優雅で、悠長だった。

「今日は義父《ちち》に届け物とか。義父は所用であいにく留守にしております」

「いえ。お届けすれば、それで済む用事でございますから」

林太郎は控え目に口にした。

「届け物は何でしょうか」

「お仕立物とご持薬です」

林太郎は風呂敷包みを差し出した。

「そうですか。ご苦労様です」

茲明は包みを開けて中の物を取り出し、卓に置いた。渋い結城紬の単衣と大ぶりの薬袋だった。

「立派な仕立物ですね」

茲明は感心しながら単衣を手にしていた。

それから、薬袋を見つめ、

「こちらは」

ときいた。

「茲監様のご持薬ときいております」

「そうですか」

茲明は薬袋を手にして、

「何のお薬を服《の》んでいるのでしょうかね」

と見つめていた。

「さて、それはわたしには……」

林太郎は何も知らなかった。

「ろくじん散かもしれませんね」

茲明はつぶやくように口にした。

林太郎は驚いた。ここでその名をきくとは思っていなかった。

「ろくじん散をご存じですか」

きかずにいられなかった。

「津和野では有名な薬ときいています。父も服んでいました」

「いつ頃の話でしょうか」

「さて、よく分かりません」

話はそこで終わった。

千住までの帰り道、林太郎の頭から、ろくじん散の話が離れなかった。

五

林太郎が橘井堂《きっせいどう》医院に帰ると、静男は地区の医者の集まりに出かけて留守だった。そのため午後の診療は、林太郎が書生二人とともにこなした。この日はなぜかいつもより患者が多く、休む暇もなく大勢の患者を診なければならなかった。

林太郎はろくじん散について、早く両親と話をしたかったが、多忙でそれどころではなかった。

夜になって、林太郎は一休みしたあと、自室を出て居間の襖《ふすま》の前で声をかけた。

「入ります」

部屋には静男の姿はなく、母の峰子が針仕事の最中だった。

「父上はまだお帰りではないのですか」

「まだです。会合が長引いているようですね」

「そうですか」

昨夜は疲労のため早々に寝《しん》に就《つ》いたときいていた。

「遅いようですが、お身体《からだ》に障りませんでしょうか」

「お出かけのとき、今夜は遅くなるかもしれないといわれていました。でもお父様のことですから、その点はわきまえておられるでしょう」

峰子はあまり心配していないようだった。

「今日、茲監様はお留守でしたが、茲明さんに会って久しぶりにゆっくりと話をしました」

「ご苦労様でした」

峰子は裁縫の手を休めずに言った。

「そのとき、茲明さんにきいたのですが、茲監様はわが家の家伝薬を入手して服んでいたという話でした。本当でしょうか」

「家伝薬……」

峰子は手を止めて顔を上げた。

「ろくじん散です」

「ああ、あの薬ですね」

「胃腸の薬ときいています」

「そうです。茲監様は胃腸がお強くないので、ろくじん散でかなり助かっていたはずです」

「茲明さんの話の感触では、最近まで服んでおられたようです」

「そうですか。保存していた薬を大事にされていたのでしょう」

「父上のお話によると、今はもう作っていないとのことでした。どんな家伝薬だったのですか」

家伝薬と名乗るからには、森家独自の処方に違いなかった。

「お父様は何と？」

「きいていません」

消えてしまった家伝薬について、静男は説明を避けているように思えた。

峰子は布地と針をかたわらに置き、

「鹿の頭の黒焼《くろやき》です」

と言った。背筋を伸ばし、心なし硬い表情だった。

「黒焼ですか……」

林太郎はおうむ返しにつぶやくだけで、次の言葉が出なかった。黒焼がどのような薬なのか知識を持ち合わせていなかった。

「素焼の器に薬剤を入れて、下から火を当て蒸し焼きにすると、黒い炭のようになるのが黒焼です。鹿の頭を黒焼にするには、炭を焼くほどの大がかりな窯を作る必要があったようです」

「母上も黒焼作りの経験がおありなのですか」

橘井堂医院では、今でも一部の漢方薬を手作りしている。丸薬の場合、原材料を混ぜる、こねる、棒状にして切断する、それを球状に成形して乾燥させる。森家ではこの一連の作業を、家族総出で行うのが向島時代以来の習慣であった。

「いえ。黒焼の経験はありません」

峰子は首を振った。

「お父様はお一人でお作りでした」

「そうですか。それにしても、ろくじん散は茲監様が愛用されるほどの薬だったにもかかわらず、今は作られていませんね」

何か訳でもあったのですか、と林太郎は問いかけた。

峰子はすぐには答えなかった。

——母上もこの話を避けておられるのか……。

林太郎は父親に感じた違和感を思い返していた。

やがて、峰子は静かに口を開いた。

「いずれ分かることだと思いますが、お家の事情がろくじん散をなくしてしまったのです」

林太郎は峰子の目を見つめるだけで、何も言えなかった。

「ろくじん散は、昔は津和野藩のどの家にも置かれていた良薬でした。それが作れなくなってしまったのです」

峰子は考え深げに、しばらく押し黙っていた。

「鹿の頭を黒焼にするのがろくじん散です。ろくじん散は求める人が多いにもかかわらず、原料が間に合いませんでした。そのとき、不心得な使用人が牛の頭を代用し、混ぜてしまったのです。これがお上に知られて懲罰を受けました」

偽薬作りが発覚したのだった。林太郎の曽祖父・秀菴《しゅうあん》の代の話である。森家は閉門、お家は断絶。その後、身分を格下げされて森家が継がれたという。

――お家断絶……。

林太郎は、森家にそれほど重い罰が科せられた過去があったとは知らなかった。父が家伝薬の話題を避けていた理由が分かったような気がした。

「森家にはこうした不祥事がありました。もちろん、林さんに関係はありませんが、今後は汚名を返上する上でも、林さんに励んでもらわねばなりません」

峰子は林太郎を真っ直ぐ見つめていた。

林太郎はうなずきながら、峰子の目の奥に無言で返事をした。そして、おのれが定めた将来の目標である留学を確実に実現しなければならない、と強く胸に納めた。

六

それから数日後、林太郎は久しぶりに漢詩の師、佐藤元萇《さとうげんちょう》を訪ねた。

元萇はいつものように、書斎で籐椅子《とういす》に総白髪《そうしらが》の頭をあずけて休んでいた。

「お身体《からだ》はいかがですか」

このところ訪問時には、六十代半ばの元萇にまず体調をきくのが林太郎のならいとなっていた。

「良くなったり、悪くなったり。歳はとりたくないものだ」

そう言って、元萇は籐椅子から立ち上がり、背伸びをしてから文机《ふづくえ》に向かった。そして、この日、林太郎が持参した十首の漢詩に朱を入れ始めた。その間、林太郎は書棚から元萇の蔵書を手に取り、読書に耽《ふけ》った。林太郎が充実感を味わえる貴重な時間だった。

やがて添削が終わり、それぞれの詩について元萇が短い感想を述べるのを、林太郎は筆記しながらきいた。

この日、林太郎は漢詩の指導を受ける以外に、元萇にきいてみたい要件を持っていた。

「先生は黒焼というものをどのようにお考えですか」

漢方の使い手で、この千住で治療院「藁園《わらえん》」を開設していた時期もある元萇に、黒焼についてきくのは無駄ではないと林太郎は思っていたのだった。

元萇は意外な問いかけにしばらく考えていた。

「黒焼を軽く見る向きもあるが、有用だ。なかでも乱髪霜《らんぱつそう》はよく使ったものだ」

「らんぱつ……」

林太郎はよくききとれず、問い直した。

「乱髪霜だ。人の髪の毛を黒焼にしたものだ。これは血止めによく効く。婦人病の治療には欠かせない薬だろう」

子宮の変化や異常で起こる、いわゆる血の道症と呼ばれる女性特有のさまざまな不定愁訴や障害に対し、乱髪霜はよく効くという。

「その乱髪霜という黒焼は、医者には知られた薬なのですか」

林太郎は知識欲に駆られている自分に気づきながらきいた。

「漢方に心得があり、長年医者をしていれば大方は知っているはずだ」

「では、わたしの父も知っているでしょうか」

「静男さんなら知っているだろう」

元萇は大きくうなずいた。

「そういえば、お父上は石見《いわみ》の人だったな」

「そうです。津和野です」

「それならなおさら詳しいだろう」

「どうしてですか」

「山陰地方には伯州散《はくしゅうさん》という黒焼がある。江戸中期に活躍した安芸《あき》出身の名医、吉益東洞《よしますとうどう》が創始した薬だ」

元萇はそう言って、吉益東洞は著書も多く、病気は一つの毒から起こるという「万病一毒説《まんびょういちどくせつ》」を唱えた天才肌の漢方医だったと付け加えた。

「名薬の伯州散は、伯耆《ほうき》の外科倒《げかだお》し、の異名を持っている」

「外科倒し……」

林太郎はつぶやいた。

「外科の手をわずらわせることなく、外科の病気を治してしまう。悪性のでき物、痔《じ》といった面倒な病気の排膿《はいのう》に効く。外科の商売を上がったりにさせる薬なので、外科倒しと呼ばれたようだ」

それから元萇は、伯州散作りの概要を説明した。反鼻《はんぴ》（マムシ）、津蟹《づがに》（モクズガニ）、鹿角《ろっかく》（鹿の角）の三材料を素焼の器で蒸し焼きにして、出来上がった黒焼を砕いて粉にしたものを飲み薬として用いるという。林太郎は黒焼の意外な効用を知った。ほかでもない、漢方考証学派の第一人者の元萇が、その効き目に注目しているのである。

「先生はろくじん散という黒焼をおききになったことはありますか」

林太郎は思い切ってたずねてみた。

「ろくじん散？　いや、ない。ないが、ろく、というからには、鹿の角《つの》を材料にしている黒焼なのだろう。伯州散も鹿角が材料だ」

「おっしゃる通りです。確かに鹿を材料にしていたようです。ただし角ではなく、鹿の頭を材料にしていました」

家伝の話は伏せていた。

「ほう、それは珍しい」

元萇は驚きをあらわにしつつ、学者らしい好奇心を示した。

「どのように珍しいのですか」

「鹿の角ではなく、頭全体を薬剤にする点だ。さらに、頭なら何でもよいわけではないだろう」

良い薬を作ろうとすればするほど、調達するのは難しくなると言った。

黒焼に詳しい元萇の説明によれば、鹿の頭部を乾燥させ黒焼にするのだが、用いる鹿は六年以上を経過した老鹿、それも秋口の短期間に捕獲したものに限られるという。

「黒焼にする鹿の頭を砍角《かんかく》といって、材料の入手は極めて難しい」

元蓑はさらに続けて、

「砍角の黒焼は、名薬だったに違いない」

一度見てみたいものだ、と言った。

林太郎は、ろくじん散が津和野藩内で支持されていた事実をかみしめていた。

「砍角の黒焼を保存して、その効き目は長持ちするものなのでしょうか」

林太郎の疑問だった。亀井茲明の話では、義父の茲監は最近までろくじん散を服用していたようだった。林太郎の先祖が作っていたという黒焼を今、服んで効くのだろうかと考えた。

「湿気とカビが敵で、その管理を怠らなければ、数十年は劣化せず効果は維持される。それも黒焼の優れた点だ」

元蓑は籐椅子に背中をあずけながら言った。

林太郎は長居を詫《わ》びて、元蓑宅を辞した。帰り道、あらためてろくじん散について考えた。ろくじん散は名薬だったのである。だが、砍角の入手は難しかったために需要に応じられず、使用人が牛の頭を混ぜて製薬してしまった。困難な事情があったにせよ、偽薬作りに違いはなく、森家は断絶の憂き目をみたのである。

林太郎は複雑な思いで帰宅した。

七

翌日、林太郎は診療を終えて、何気なく窓の外に目をやった。静男が庭に立って、木槿の繁みを眺めていた。数日前にも庭に佇む静男を見かけている。

林太郎は下駄を履いて庭先に降りた。

「父上、また蜘蛛をお探しですか」

と声をかけると、静男が振り向き、唇に人差し指を当てた。静かに、の仕種《しぐさ》である。そして、無言のまま、繁みの一画を指さした。

そこにはきれいに網の目状に張られた蜘蛛の巣があった。その蜘蛛の巣の中央に、枯葉が一枚引っかかっていた。その枯葉のそばで大きな蜘蛛が一匹、しきりに足を動かしていた。

「枯葉を見ていなさい」

静男はささやくように言った。

すると、枯葉が音もなく巣から離れ、舞いながら足元に落下した。蜘蛛が器用に落としたのである。

「蜘蛛には、生きるために枯葉が邪魔だったのだ。ところが、わたしはそれに気づかず、この前、枯葉もろとも巣を払ってしまった。一生懸命な蜘蛛に悪いことをしてしまった」

静男は申し訳なさそうに言った。

林太郎は静男がこの前、木槿の繁みの中に真剣に蜘蛛を探していた理由を理解した。林太郎は前

日、佐藤元萇を訪ねた旨《むね》を話してから、

「父上は伯州散をご存じですか」

ときいた。

「もちろん知っている」

「作られたことはありますか」

「ない。作ろうとしたのだが、やめたのだ」

「どうしてですか」

黒焼に興味があった父を知った。

「原材料のマムシ、いや、蛇が苦手なのだ。生け捕りにしたマムシを触《さわ》れなかった」

「そうでしたか」

林太郎は父の一面を見た思いがした。

「ろくじん散について、母上から経緯《いきさつ》をおききしました」

「そうか……」

静男は静かに受けとめていた。

「わが家に藩内で愛用された家伝薬があったと初めて知りました」

「惜しいことをした。だが、不祥事に違いはない。心して不正は正さねばならない」

「肝に銘じます」

林太郎は神妙に言った。そして、静男が伯州散同様、ろくじん散作りに挑戦したことがあるかどうかをきこうとしたが、やめた。

「黒焼というのは面白いものだ」

静男がそう口にした。

「あんな黒い粉なのだが、よく効くのだ」

「父上は何に使うのですか」

林太郎は黒焼を使う父を初めて知った。

「婦人病だ。乱髪霜は重用したものだ」

静男はその昔、松本塾でも佐倉順天堂《じゅんてんどう》でも乱髪霜を作ったという。

「一度だけ、この千住でも作ったことがある」

綾瀬川《あやせがわ》の河川敷で作ったという。

「だがやめた。二度と作らない」

「何かあったのですか」

林太郎はたずねた。

「乱髪霜を作るときは、決して風下にいてはならない。もし風下で煙を少しでも浴びれば、臭いが取れなくなる」

ひどい臭いは身体《からだ》や衣服に染みついて取れないという。静男は新しかった作務衣《さむえ》を処分し、身体《からだ》を何度も洗って、ようやく臭いを取ったのだった。

「ひどい目に遭った。以後、作っていない」

「そうでしたか」

よほどの臭いなのだろうと林太郎は思った。

「そのとき作った乱髪霜が、まだ橘井堂に残っている」

「えっ、あるのですか」

ある、とうなずいて、静男は薬剤室の保管場所を教えた。

「そこには、ほんの一匙《ひとさじ》分のろくじん散もある」

肝に銘じるために残してある、と言って去っていった。

その夜、家族が寝静まってから、林太郎は一人薬剤室に向かった。百味簞笥《ひゃくみだんす》の右最下段の抽斗《ひきだし》を開けた。薬袋二つの中に黒い粉が納まっていた。どちらも何の変哲もない黒い粉だった。

――この黒い粉が……。

これが森家を断絶に導いたのだ。そう思いながら、林太郎は黒い粉を見つめた。

その後、林太郎がそのろくじん散と乱髪霜の薬袋を手に取ることはなかった。

第七話　懸崖《けんがい》の菊

一

柿が赤くなると医者が青くなるという。このところ、橘井堂《きっせいどう》医院は落ち着いている。一時《いっとき》のコレラ騒ぎは下火になって、いきなり患者がかつぎ込まれることも今はほとんどない。

休診日の昼下がり、父静男は庭に下りて、年々増える盆栽の手入れに余念がなかった。母峰子は台所で休むことなく立ち働いており、妹の喜美子は、たった今、庭先で転んでべそをかいている弟潤三郎《じゅんざぶろう》の傷の手当てをしてやっている。潤三郎はまだ三歳で、歳がかなり離れているせいか、喜美子は母親のように面倒見がよい。

林太郎はいくつか草稿のできていた漢詩を清書しようと、文机《ふづくえ》の前に正座し、息を整え、墨をすり始めた。ついでに友人への手紙もしたためようと考えた。やがて周囲に墨の香りが立ちこめた。それにつれて気分も落ち着いてくる。林太郎はこの硯《すずり》に向かう時間が好きだった。

――こんな平穏な時間はそうそうあるものではない。

このまま何事もなく一日が終わるといいが、などと墨をする手を止めずに考えていると、玄関のほうでなにやら声がする。来客のようだ。

程なくして峰子が、林太郎を訪ねてきた人がいると伝えにきた。客は当然、父のところにきたものと思っていた林太郎は、驚いてきき返した。

「わたしですか。どなたでしょう」

すると峰子は首を少し傾《かし》げながら、

「わたしも初めてのお顔です。まだ若いお嬢さんですよ。喜美子よりは少し年上かしら」

名前は岡本《おかもと》ツル、と教えてくれた。

林太郎はまったくその名に覚えがない。何かの間違いではないかと思いながらも、すりかけていた墨をそのままにして立ち上がった。

林太郎が玄関に出てみると、銀杏返《いちょうがえ》しに結った十代半ばの娘が、落ち着いた赤い縞《しま》模様の着物を着て佇《たたず》んでいた。色白で目は丸く、頰のあたりにあどけなさが残っている。小さな口を緊張気味に閉じていた。やはり、林太郎には初対面の娘だった。どんな用件で訪ねてきたのか、見当もつかなかった。

「わたしは岡本ツルと申します。突然伺いまして申し訳ありません」

娘は一礼して、森林太郎様ですか、ときいた。

「そうです」

返事をしながら、林太郎は娘を注意深く観察していた。

「岡本勇作《ゆうさく》という名を覚えていらっしゃいますか」

「岡本勇作……。もちろん知っています」

林太郎より二年後輩の医学生である。色白の顔がすぐに思い浮かんだ。長身で全体に線の細い、目立たぬ男だった。

「わたしは岡本勇作の妹です」

「そうでしたか。岡本君の妹さんですか。そういわれるとよく似ていらっしゃる」

林太郎の指摘に、ツルは少し恥ずかしげに俯《うつむ》いた。

「岡本君の妹さんが、今日はどうされたのです？」

「はい、実は兄について、ぜひ森様におききしたいことがあって伺いました」

すぐに真剣な表情に戻ったツルの様子を見て、玄関先の立ち話で終わるような内容ではなさそうだと察した林太郎は、ツルを客間に通した。

二

岡本勇作は東京大学医学部で林太郎より二年下で、寄宿舎生活を共にしていた。学年も違い、そう親しい間柄ではないが、それなりの行き来があった。

あるとき、岡本が本を手にして林太郎の部屋を訪ねてきた。当時から林太郎の漢籍や文学、漢詩などに関する博識は寄宿舎内でも知れ渡っており、この日は確か白楽天《はくらくてん》の漢詩について疑問を投げかけてきたのだった。難しい、難しい、と頭をしきりにひねる岡本に、丁寧に教えたのを覚えている。

——あの岡本の妹が何の用事だろう？

母の峰子が茶を置いていくのを待って、林太郎が話しかけようとしたとき、ツルのほうから口を開いた。

「今日、お伺いしたのは、父から兄の行方を探すようにいわれたからです」

ツルは正座の姿勢を微動もさせずに言った。

「行方？」

林太郎は重い言葉をきいたような気がした。

「兄は少し前に十日ほど、川越の実家に帰っておりました。風邪を少々こじらせて、家で休んでいたのです。ところが風邪は治ったのに、一向に寮へ戻ろうとしませんでした」

ツルは一呼吸ついて続けた。

「体調は元に戻っているはずですのに、どこか元気がなく、何かに思い悩んでいる様子でした。父が早く勉学に戻るようにと叱りつけたものですから、兄はまるで追い出されるように寮に戻っていきました。ところが今、その寮にいないのです」

「行方不明というのですね」

「そうなんです。寮に帰ったとばかり思っていたのですが、戻っていないのです。どこへ行ったのか、どなたにきいても分かりません」

「それはご心配でしょう。それにしても、なぜわたしのところにいらしたのですか」

「以前、兄の寮生活の話の中で、森林太郎様のお名前をたびたびきいておりました。兄は分からないことがあると、森様によく教えていただき、頼りになる先輩だといっていました」

「そうですか」

頼りにされるほどの先輩だったとは思えない。今あらためて妹からそんな話をきかされると、気恥ずかしい思いに駆られた。

「実家で寝込んでいた最近も、森様のお名前をききました」

「最近も、ですか」

岡本の家で自分の名前が出ていたとは、驚くしかなかった。

「ですので、森様のところなら、もしかすると兄の様子が分かるのではないかと思いまして、突然ですが伺った次第です」

「そうでしたか。しかし、わたしはもうすでに学校を卒業していますし、その前に寮も出ているので、最近の岡本君のことはまったく知りません」

「やはりそうですか。無理なお願いにきてしまいました。ただ、父と兄の間が険悪なままで、その上、兄の行方が分からないとなると、どうしたものかと心配でなりません」

ツルは哀《かな》しそうに声を落とした。

「妹さんのお気持ちはよく分かります。ただ、わたしには思い当たる節がないのです。お役に立てず申し訳ありません」

と林太郎が小さく頭を下げると、ツルはあわてて両手を畳につけて、

「こちらこそ、ご迷惑をおかけしました。本当に申し訳ありませんでした」

失礼いたします、と言うと、出された茶には結局、一口も口をつけずに恐縮して帰っていった。

三

玄関でツルを見送った林太郎は、岡本勇作のことをあらためて思い出そうとしていた。目鼻立ちははっきりとしており、口元にも意志の強さが感じられた。だが、決して人前であからさまに自己主張するような性質《たち》ではなく、むしろ控え目な性格だったと記憶している。地道ながら真面目に勉強に取り組んでいたという印象がある。その頃から、何か悩みを抱えていたのだろうか。

――人の心の内は分からないものだ。

林太郎が玄関に佇んだまま、ぼんやり考えに耽《ふけ》っていると、いきなり引き戸が音をたてて開き、一気に風が吹き込んできた。林太郎はツルが戻ってきたのかと思ったが、あらわれたのは賀古鶴所《かこつるど》だった。うら若い娘とは似ても似つかぬ、いかつい大男が入ってきたので、林太郎は思わず仁王立ちになった。賀古は賀古で、待っていたかのように林太郎が玄関に立っているのを見て、目を丸くした。

「何だ。賀古か。どうしたのだ」

林太郎はそんな言葉を吐き出していた。

「訪ねてきた人物に、いきなり、何だ、はないだろう。本を返しにきただけだ」

賀古は半分笑いながら、故意に抗議めいたふうに言った。

「すまない。来客を見送ったところだった」

「そうか。そこで若い娘とすれ違ったが……」

「それが今帰った客だ。賀古は二年後輩の岡本勇作という男を覚えているか」

「ああ、覚えている」

「あの人はその妹だ」

「そうか。可愛らしい娘さんだ」

「それにしても、賀古は岡本勇作をよく覚えていたな」

「まあな。ある仲間内ではよく知られた男だ」

「そうだったのか」

影の薄い目立たない男だと思っていたが、違ったようだ。

「岡本勇作は〝簪《かんざし》の岡本〟の異名を持っていた」

「簪？」

「それはそれは精巧な、手彫りの粋な簪を作っていた。寮の軟派連中が狙った女に逢いにいくというとき、岡本の作った簪を土産《みやげ》に持参したがったものだ」

林太郎はまったく知らない話だった。岡本の意外な一面を見た思いがした。

「だが、凝り性の岡本だから、手間暇がかかる。いつも順番待ちだ。いつ完成するか分からないから、当てにできない簪ではあった」

「そうか。まあいい」

岡本勇作の話はそれで打ち切り、二人は林太郎の部屋に入った。話題は賀古の最近の仕事ぶりに移った。

賀古は今、陸軍省の東京陸軍病院に勤務して多忙な毎日を送っている。元々、陸軍の依託学生だったから、医学部卒業後は陸軍省入りが決まっていた。いまだに進路が定まっていない林太郎とは根本的に違っていた。

「つくづく学生時代というのは、気楽なものだったと思う」

賀古はいまさらのように言った。

「何か困ったことでもあるのか」

と林太郎はたずねた。

「いやあ、そんな詳しく話すほどの内容ではない。だが社会に出ると、さまざまに覚えねばならんことが多すぎる。それに、規則がうるさくてかなわん」

「贅沢《ぜいたく》な悩みだ。結婚もして、職場では期待され、順調そのものではないか」

「それはそうなのだが……」

賀古は職場に就いてまだ数ヵ月しか経っていない。慣れない仕事も多いのだろう。気の置けない友を訪ねて、ゆっくり話をするのは、賀古にとって大切な息抜きとなっているようだ。

近況を語っているうち、賀古は畳にごろりと横になると、やがて軽いいびきをかき始めた。

「やれやれ」

林太郎はあきれたが、賀古には賀古の事情があるのだろうと、それぞれの立場の違いを思いやった。考えてみれば、つい最近までこの男と寄宿舎で同室だったのである。

林太郎には一時《いっとき》、賀古の境遇を羨ましく感じたことがあった。自分は不本意な成績のため、ドイツ留学の夢が絶たれ、思い悩む日々であるのに対し、賀古は着々とわが道を歩んでいるようだ。遅れをとったような気がするのは否定できなかった。

その上、両親にはたいへんな親不孝をしてしまった。父は何も言わなかったが、家長としてさぞ落胆したはずである。しかしどの道を進もうとも、何かをやり遂げようとするなら、やはり困難はつきまとうだろう。気楽な道など、そうそうあるものではないのだ。賀古の寝姿を見ながら、そんなことを漠然と考えているうち、林太郎は近々、寄宿舎に岡本勇作を訪ねてみようと思い立った。

学生時代の後輩の妹が突然持ち込んできた話である。いってみれば他人事で、林太郎には何ら関係がなかった。だが、あの妹の健気《けなげ》な面持ちを思い出すと、何かできることはないかと考えたのである。自分ではあまり意識しないが、林太郎にはそのような、一度関わると放っておけない、生真面目な一面があった。

どのくらい時間が経っただろうか、賀古はふと目を覚ますと、これはいけない、時間だ、とあわてて帰っていった。

林太郎は賀古らしいと微笑《ほほえ》みながら、あらためて文机に向かい、そのままにしていた墨をふたたびすり始めた。

四

つい数ヵ月前まで学んでいた校舎が見えた。

橘井堂医院も休みの日曜日、林太郎は東京大学医学部を訪ねた。ここはもと加賀藩の江戸屋敷だったところで、収公されて東京大学となった。広大な敷地は加賀藩の栄華を物語っており、学校となった今も、手入れの行き届いた庭園や池などが保存されている。考えてみれば何とも贅沢な学校だった。

林太郎は、当時よく散歩した庭園をしばらく巡ってみた。勉学に励んでいた頃、新しい知識が次々と身体《からだ》に染み込んでいき、学ぶことが楽しくて仕方がなかった。

先日突然あらわれた賀古が、学生時代は気楽だったと言っていたが、何の不安もなく、学びに没頭していた毎日が、今となっては愛《いと》おしく貴重に思える。

そんなことを考えながら歩いていると、小倉《こくら》の袴《はかま》を穿《は》いた学生が本に目を落としたまま、林太郎の姿に気づきもせず通り過ぎていった。林太郎は自分がひどく歳を取ったように感じた。それは不思議な感覚であった。

やがて寄宿舎の門の前に立って、過ぎた日々の空気を胸いっぱいに吸い込んでみた。

――懐かしい。

林太郎はしばし青春の寄宿舎生活を思い出し、感慨に耽った。そして、勝手知った寄宿舎の中に入ると、部屋の前に掲げられている名札を見て回り、岡本勇作の名前を探し当てた。

林太郎は少々遠慮がちに、二度ほど戸を叩《たた》いた。しばらく待ったが、返事がない。

——やはりいないのだろうか。

いきなりの訪問を少し悔やみながらも、もう一度少し強く戸を叩いてみた。今度は、はい、と返事があり、程なくして扉が開いた。

そこには見覚えのない男が、昼寝でもしていたのか、眠そうに目をこすりながら立っていた。

「ここは岡本勇作君の部屋ではないですか」

「ああ、そうですよ。わたしは同室の中山という者です」

林太郎は名を告げ、医学部の卒業生である旨を伝えて、岡本勇作の行方をきいた。

「岡本はここのところ不在です。わたしにはどこに行ったかまったく分かりません」

中山という男は、岡本の帰宅の当ても分からないと言った。

林太郎はただうなずくしかなかった。

「最近、彼に何か変わった様子はありませんでしたか」

林太郎は期待せずに一応きいてみた。

中山は目を閉じて、いつもの岡本の様子を思い浮かべるように考えていた。

「僕と違って、熱心に勉強しています。真面目なやつですから。そして疲れると、いつも小刀《こがたな》を取り出して何やら木を彫っていますよ。これがなかなか器用で、彼にとってはいい息抜きになっているようです。僕などは昼寝しか能がないですが……」

結局、中山という同宿生は何も知らず、収穫はなかった。

「今日はいきなりやってきて、邪魔をしてしまいました」

これで失礼します、と林太郎は、急の訪問を詫《わ》びて部屋を辞した。

――いったい岡本はどこへ行ったのだろう。

林太郎は何度も寄宿舎を振り返りつつ医学部を後にした。

五

「見事に咲いてきましたね」

林太郎は感心しながら静男に言った。

「植物は手をかけた分だけ応えてくれる。正直なものだ」

静男は、一年手塩にかけてきた懸崖《けんがい》作りの菊の盆栽を前にして、満足げに立っていた。

この日、林太郎は朝食を終えて、診察室へ向かおうとしたところで、庭から静男に声をかけられたのだった。

中ぶりの鉢から下へ一尺（約三十センチ）ほども伸びた枝葉には、隙間なく黄色の小菊が埋まっている。そろそろ満開を迎えようというところで、静男の顔も自然とほころんでいる。

林太郎には、盆栽の楽しさはまだよく分からないが、この父の菊には思わず目を瞠《みは》ったのだった。

昨日の夕刻、気にかかっていた岡本勇作が林太郎を訪ねてきた。林太郎が寄宿舎を訪ねてから三日が経過していた。しかし、あいにく今度は林太郎のほうが外出していて会えなかったのである。

午後の往診のあと、予定にはなかったものの、もう一人気になる患者がいて、思い立って寄ってみた。それがすれ違いとなった原因だろう。よくよくこの二人は間《ま》が悪いようだ。

林太郎がなかなか戻らないので、しばらくの間、静男が岡本の相手をした。どうやら、恰好《かっこう》の人物が来たとばかりに、懸崖の菊を見せて少々自慢をしていたようだ。静男にしては自慢話など珍しいのだが、よほどの出来栄えに、つい気持ちがゆるみ、盆栽の手入れの苦労話を岡本相手にしたらしい。

岡本は熱心にきき入っていたものの、結局、林太郎には会えないまま、

「また、明日にでも伺います」

と言って帰っていった。

すると、間を置かず翌日の夕刻に、ふたたび岡本は林太郎を訪ねてきた。

自分が医学部の寄宿舎を留守にしている間に、突然、先輩がいったい何の用で訪ねてきたのかと疑問に思い、すぐにやってきたのである。

お互いの不在のために、ようやく三回目に会え、林太郎は、

「三度目の正直だな」

と冗談交じりに言った。

そして、話しやすいように外へ岡本を連れ出した。

にぎやかな通りから脇道へ入ると、そこは打って変わって静かな緑多い小道となっている。足元には女郎花《おみなえし》が道伝いに列をなして、黄色の小花を咲かせていた。

そこまでくると、林太郎はおもむろに口を開いた。

「わたしがなぜ寮に岡本君を訪ねたか、分かりますか」

「それです、わたしがおききしたかったのは」

早く真相が知りたいという面持ちで、岡本は林太郎の次の言葉を待った。

「岡本君には、ツルさんという妹さんがいらっしゃいますね。先日わたしを訪ねてきました」

「えっ、妹が？　なぜです？」

「妹さんは君のことを、ひどく心配しておられました。お父上とも険悪で、何とかできないものかと、心を痛めておられましたよ」

「ツルが森さんにそんな話をしていましたか。馬鹿なやつです。身内のもめ事でご迷惑をかけて」

「そんないい方はないでしょう。妹さんのお気持ちは、わたしにはよく分かります」

林太郎は、岡本の妹への態度が気に入らず、叱責する口調になっていた。

「妹さんは、君がいつになく沈み込んで、何かに思い悩んでいるようだと心配し、わたしが何か知っているかもしれないと訪ねてこられたのですよ」

「そうでしたか」

岡本は急に声を落とし、ツルのそのときの姿を想像しているようだった。

「わたしは体調を崩し、しばらく川越の実家に帰っていました。普通に振る舞っているつもりでしたが、妹は気づいていたのですね」

「兄妹というのはそういうものかもしれません。何かあったのですか？　よかったらわたしに話してみませんか」

「はい……」

と返事したものの、岡本は足元を見つめたまま言い淀《よど》んでいる。道端の女郎花が吹き抜ける風に左右に揺れていた。

やがて岡本は顔を上げ、語り始めた。

「実家から寮への帰り道、川越街道を上り、白子《しらこ》宿《じゅく》を過ぎて練馬あたりで寄り道しているときに、とある寺院の境内に吸い寄せられました」

広大な徳丸《とくまる》ヶ原《がはら》を一望できる古刹《こさつ》だったという。徳丸ヶ原は、幕末の天保年間に兵学者高島秋《たかしましゅう》帆《はん》が洋式砲術の調練を行った原野である。古刹は秋帆が宿所とした場所だった。

眼下に徳丸ヶ原を眺めてから寺に参詣した。本堂の前に立ち、手を合わせて拝んで、ふと顔を上げると本堂内の欄間に飾られた鳥の彫り物が目に留まった。遠目にも見事な出来栄えだった。さらによく見ようと階段を上り、開け放たれた扉から本堂内を覗《のぞ》き込んで欄間を眺めた。

彫刻に見入っていると、

「彫刻がお好きなようですね」

といつの間にか近寄っていた高齢の住職が半分笑いながら話しかけた。

自分では気づかなかったが、かなり長い間、一心不乱に見入っていたようだ。

岡本は思わず、

「申し訳ありません」

と謝っていた。

「いや、謝る話ではない。よければ上がってじっくり見てはどうだ」

と住職は誘った。

岡本は住職に案内されるまま、本堂の欄間を鑑賞した。檜《ひのき》の彫刻だった。山鳥が欄間三面に乱舞するさまが彫られていた。小枝をくわえている姿もあれば、嘴《くちばし》を広げ仰向《あおむ》いて叫んでいる姿もある。岡本は飽かず眺めていた。

「よほど彫刻が好きと見える。この寺の自慢は、どちらかというと、あの絵なのだがな」

住職は天井を指さした。格天井《ごうてんじょう》に四季の草花の彩色画が描かれていた。名のある絵師による日本画だった。

「申し訳ありません。わたしには絵は分かりません」

岡本はふたたび謝った。

それから、住職は親切にも方丈《ほうじょう》や書院にも案内し、欄間や細工物、飾り窓など、さらには本尊の阿弥陀如来像《あみだにょらい》をはじめ、普賢菩薩像《ふげんぼさつ》、文殊《もんじゅ》菩薩像なども鑑賞させてくれた。

岡本は木彫《もくちょう》の一つ一つの優れた技に感動していた。案内されるまま時間を忘れて鑑賞しているうち、それまでの不安や迷いを忘れ、心穏やかになっている自分を感じた。

いつの間にかすっかり日が暮れていた。

「遅くなってしまいました」

あわてて岡本は長居を詫びた。

しかし、住職は何を思ったか、岡本を引きとめ夕食に誘った。そして、そのまま寺に泊まるよう勧めたのだった。

岡本は好意に甘え、その後、連日、寺で過ごすことになった。それは十日間に及んだ。

滞在中、部屋や便所、風呂場を掃除し、さらに境内を掃き清めた。料理の下ごしらえも手伝う一方、朝の読経《どきょう》に加わり、写経も体験した。

「今にして思えば、ご住職はわたしの精神状態を察して、休息と内省の時間を与えてくれたのではないかと思っています」

岡本は住職に深く感謝している様子だった。

妹が心配した岡本の行方不明の実態は、寺での生活体験だったのである。

しばらくして、岡本は顔を上げ、

「実は最近、わたしは本当に医者になりたいのかと迷っているのです」

と言葉を吐き出した。

「えっ、医者になることに疑問を」

林太郎は思わず岡本を凝視した。

「自問自答を繰り返しています。しかし、結論が出ません」

「毎日、医学の勉強に明け暮れているのではないのですか」

「そうなのですが……」

岡本はふたたび言い淀んだ。

「医者が嫌になったのですか」

「そうではありません。ただ、医者よりも自分が本当にやりたい目標がほかにあるのではないかと思うようになったのです」

「寺で結論は出なかったのですか」

「無理でした。ご住職にもご迷惑をかけてしまいました」

岡本は恐縮の態《てい》で住職との時間を思い出しているようだったが、やがて言葉を継いだ。

「わたしは子どもの頃から物を作る作業が好きで、小刀などで木を彫って遊んでいました」

〝簪の岡本〟の異名を持つくらいだから、手先の器用さは認められている。

「寮生活を始めるようになってから、手に技をつけて、それを生業《なりわい》にできないかと強く思うようになりました」

「寮で？　何があったのです」

「山形仲藝《やまがたなかき》さんから木彫りの文箱《ふばこ》をいただき、さらに彫刻の魅力にとりつかれました。わたしも彫ってみたいと思いました」

贈られたのは桜材製の文箱だったという。山形仲藝は林太郎の同級生だった。林太郎より四歳年上で、卒業時の成績は二十八人中、十二番だった。卒業すると、岡山県医学校教諭兼岡山県病院一等医として赴任。のちに東北帝国大学医科大学の初代学長に就任している。

「山形さんの故郷の越前には簞笥《たんす》や箱、火鉢など、伝統工芸の技が伝わっています」

文箱の上蓋《うわぶた》には梅の木が彫られていた。見事な枝ぶりと力強い構図、葉の一枚一枚に心を砕いた彫刻に岡本は魅せられたようだった。

「それでは医者の道をやめ、職人になりたいというのですか」

林太郎は核心をついた。

「もちろん決めたわけではありません。父には相談しようかと思っていたのですが、風邪が治ったのなら、早く寮に戻って勉学に励めといわれ、とても話せるような状況ではありませんでした」

岡本は迷っていた。

六

林太郎はこのとき、自分が医者をめざしてひたすら勉強してきた道のりを思い返していた。林太郎が十一歳のとき、父は津和野から一念発起して上京した。それは林太郎に最高の環境で学ばせたいという父の英断でもあった。

林太郎は何の迷いもなく、父の期待に応えたい、そして留学を叶《かな》えて国家に貢献できる人材になりたいと、疑う余地もなく勉学に励んできた。よもや医者をやめたいなどとは思わなかった。林太郎は父に心から感謝していた。

しかし、ここにいる岡本は今、医者への道に疑問を抱いている。岡本の父も医者として川越で開業していた。長男である勇作は、当たり前のように医者になり、家業を継承することを期待されている。医学部に籍を置き、寄宿舎で学ぶという恵まれた環境に感謝こそすれ、医者になることを迷っているとは信じられなかった。

――なんと親不孝な……。

林太郎は自分の父に対する気持ちと重ね合わせて、ようやく岡本に向かって言った。

「君は父上の気持ちを考えていっているのだろうか。感謝して父上の期待に応えるのが、君の役目だと思うが」

岡本は黙っていた。

林太郎は続けて言った。

「医者という職業は誰でもなれるものではない。知識を受け入れる力と、恵まれた環境が欠かせない。君は父上のおかげで、その環境を与えられているのですよ。それに感謝して励むのが、今の君の役目だと思います」

岡本は言葉を発しなかったが、目を閉じたまま、小さくうなずいた。

林太郎は相手が後輩とはいえ、少々強い言い方になってしまったことに気まずさを覚え、どう言葉を継いだものかと迷っていた。

そのとき、頭上を数羽の鳥が鋭い鳴き声をあげながら旋回した。その声に岡本は驚いたように空を見上げた。鳥の群れは何度か旋回したあと、東の方角に飛び去った。

林太郎はひと月近く前に自分が投書した新聞記事のことを思い出していた――。

明治十四年（一八八一）九月十七日付の読売新聞に、「千住　森林太郎」の名前で「河津金線《かわづきんせん》君に質《ただ》す」と題する投書が掲載されている。

『読売新聞』の読者が投稿する「寄書《よせふみ》」の欄に、「河津金線」なる人物が蛙の名称について、世間では「かはづ」と「かへる」の名称を混同していると、知識を披瀝《ひれき》した。「かはづ」は背中に三本の線があり、これを漢名で金線蛙《きんせんあ》と称す、と紹介している。これに対し、林太郎は蛙について記した文献を種々提示した上で、ならば金線蛙の典拠を示せ、と反論した。結局、河津金線は林太郎に再反論できなかった。

この「河津金線」なる人物は、当時、読売新聞社の編集記者をしていた饗庭篁村《あえばこうそん》だった。小説も執筆し文章家として頭角をあらわしていた。のちに引き抜かれて東京朝日新聞社に移り、演劇評論や小説を発表する一方、文人の集まり「根岸党」の中心人物ともなっている。

この頃は、林太郎が文章を書く楽しみを発見した時期だった。岡本も今、医者になること以外に面白さを実感できる対象を見つけたのだろう。林太郎にも理解できる部分はあった。しかしそれはあくまでも楽しみごとであり、生業《なりわい》とするものではない。

林太郎の新聞への投書は、筆名を使ってそれからも何度か行われた。もちろんこのとき、自分が後年、小説を書き、翻訳や歴史考証、文明評論などを手がけ、文章家として名を成すとは考えてもいなかった。

「今の君は父上に感謝して、ひたすら医者をめざして勉学に励むのが一番だと思います」

林太郎は最後に岡本に助言して話を終えた。

七

その後、林太郎は岡本に言った自分の言葉が正しかったのかと考えることもあったが、やがて日々の忙しさに取り紛れて、徐々にそれも薄らいでいった。

ひと月も経った頃だったか、林太郎宛てに一通の分厚い封書が届いた。岡本勇作からであった。しっかりとした毛筆で書かれていた。

そこにはまず、私事で先輩を煩わせてしまったこと、有り難い助言をいただいたことなど、丁寧にお詫びとお礼の文章が綴《つづ》られており、岡本らしい律儀《りちぎ》な文章が並んでいた。そのあとには、今の岡本の決意が感じられる文章が書かれていた。

「私は今、東大医学部の寮の一室で、この手紙を書いています。ひと月ほど前、森さんをお訪ねし、私の思いを聞いていただきました。あのときは何と甘えたことを言っていたのでしょう。私は父の跡を継ぐべく医者になろうと決心し、今は勉学に戻っています。一時は木彫りの職人になりたいなどと、未熟なことを言っていた私を恥ずかしく思います。本当を申しますと、お世話になったお寺で彫刻類を見たとき、これは自分にはとても無理だと悟っておりました。勝手なことを言っていた私に、森さんは父母の恩に気づかせてくれました。今後は父の歩んだ道をたどり、さらにそれを越えていきたいと決意を新たにしています」

最後の文章は、より力強い筆遣いで書かれており、岡本の決意の強さが滲《にじ》み出ているように見えた。

林太郎は読み終えると、早速返事を書こうと墨をすり始めた。

すると母峰子が来客を告げにきた。林太郎が玄関に出てみると、そこには岡本の妹ツルが立っていた。明るい朱色の着物だった。

「おや、これはまた、どうされましたか」

「はい、今日も突然伺ってしまいました」

申し訳ありません、と言いながらも、微笑みをたたえている。

「今日は兄の使いでまいりました。森様にこれをお渡しするようにと」

そう言って、半紙の半分ほどの大きさの風呂敷包みを林太郎に手渡した。

——手紙が届いたばかりなのに……。

いまさら何だろう、と思いながら、早速風呂敷包みを解いた。

それは桐の文箱であった。蓋の表面には、精巧に懸崖の菊が彫られていた。橘井堂医院の庭に咲く、あの鉢植えの懸崖の菊である。

「これは見事だ」

林太郎は玄関でツルを見送ると、すぐに父に見せようと小走りになった。

第八話　忘れえぬ声

一

その夜、林太郎はドイツ語で書かれた医学原書を読み耽《ふけ》っていた。縁側から、心地よい秋風とともに虫の音がきこえる。つい数日前は残暑が部屋をおおっていたが、一気に秋の気配だ。

明日は月曜日でおそらく患者が多く、往診の予定もいくつか入っている。早く寝なければと思いつつ、ついつい読書に引き込まれて止《や》められない。進文学社《しんぶんがくしゃ》で学んだドイツ語によって、自分の世界が広がっていた。その後、医学部に進学し、ドイツ語の重要性は高まっていた。ドイツ語に習熟したからこそ拓《ひら》けた学問の喜びが、今こうして体感できていた。

ふとそのとき、遠くで何かざわめきのようなものを感じ、反射的に時計を見た。深夜の十一時を回ったところである。家族は寝静まっているようだ。最初は気のせいかと思ったが、ざわめきはだんだんはっきりきこえるようになった。

林太郎は気になって、玄関から表に出た。あたりは暗闇に包まれ、秋風が頬を撫でる。耳を澄ますと、ざわめきは南の方向からきこえてきていた。

林太郎はその声のする方向に歩き始めた。

日光街道筋まで来ると、数人の男たちが提灯《ちょうちん》の明かりを先頭に、

「あっちだ。急げ」

と林太郎の脇をあわただしく走り抜けていった。やっちゃ場（青物市場）のほうに向かっているようだった。

林太郎も男たちの後を追った。足取りも自然と速まり、小走りとなった。

現場に近づくにつれ、ざわめきの原因が分かってきた。向こうの空がほの赤く染まっているのが見えた。暗闇に、ときどき赤い火の粉が見える。火事のようだ。さらに進むと、建物が燃え、炎が夜空を舐《な》めていた。現場では、すでに大勢の野次馬が集まっていた。半纏《はんてん》姿の男たちが大声で走り回り、

「もっと水だ！」

「裏手に回れ！」

「水が足りない！」

などと叫びながら、消火にあたっていた。

しかし、一向に火の勢いは衰えない。

火元は「いそや」という名の小間物屋で、林太郎も往診に何度か訪れた家である。高齢の祖母を

筆頭に親子六人暮らしだった。

林太郎はあたりを見回し、「いそや」の親子を捜したが、それらしき関係者は見当たらなかった。

すると、急に、

「屋根が落ちるぞ！」

と誰かが叫んだ。と同時に、崩れ落ちる建物から火の粉が舞い上がり、ひときわ明るくあたりを照らし出した。野次馬から驚きの喚声が上がり、一斉《いっせい》に後ずさりした。

林太郎は医者の目で周囲を見渡した。消火作業で立ち働いている人や野次馬に怪我人はいなかった。逃げおくれた人もいないようだ。そこで、林太郎はひとまず家に帰り、現状を父に報告し、治療のための準備を整えて戻ってこようと考えた。

帰宅すると、思いがけず父は起きていた。

寝間着姿の静男は、

「外が騒がしいようだが、何かあったのか」

ときいた。

「火事です。父上」

と林太郎は言い、今見てきた場所と様子を手短《てみじか》に語った。

「そうか、分かった」

と静男は落ち着いた声で答えた。

「それでは、わたしは現場に戻ります」

林太郎は一礼した。

「手に負えない怪我人がいたらここに運びなさい」

わたしも準備しておく、と静男は言った。

林太郎は早速、作務衣《さむえ》に着替え、往診鞄《かばん》に必要と思われる医薬品を詰め、ふたたび火事現場へ走った。

二

林太郎が現場に戻ったときは、火の勢いはだいぶ弱まってはいたものの、反対に野次馬の数は倍にも膨れ上がっていた。

林太郎は自分が医者であることを告げながら、提灯の明かりを頼りに怪我人を捜した。先ほどは見当たらなかったが、今度は怪我人が出ていた。消火中の打撲と火傷《やけど》がほとんどだった。そこででき る限りの手当てを施した。

幸い致命的な患者はなかった。

このようなとき、町内の人たちというものはじつに頼もしい限りである。総出で水をかけるのはもちろんのこと、家から茣蓙《ござ》を持ってくる者、浴衣《ゆかた》を用意する者、汚れるのを承知で布団まで持ち出して、怪我人を寝かせている者もいた。林太郎に提灯を貸してくれたのも町内の人だった。

そうこうしているうち、大方、家は焼けてしまったが、大きな怪我人はなく火もほぼ鎮まった。

やがて、野次馬も三々五々、引き揚げ始めた。

「さて、これで一段落だ」

と誰に言うとなくつぶやいて、林太郎は立ち上がった。

帰る前に、借りた提灯を返さねばならない。

貸してくれた若い婦人を探すと、鎮火した家のそばで、おかみさん連中に交じって話し込んでいるのが見えた。円陣を組んで、何かひそひそと話をしている。

林太郎が近づいていくと、

「これは、橘井堂《きっせいどう》の若先生」

ご苦労様です、と五十がらみの中年女が声をかけてきた。

「一段落したのに、まだ気がかりなことでもあるのですか」

林太郎はおかみさん連中の態度が気になっていた。

すると中年女は、よくきいてくれたと言わんばかりに林太郎の前に出てきた。

「いえね。ここには六十半ばのヤエばあさんがいるんだけれど、そのヤエさんが最後まで中にいて、私は心配で心配で、どうなることやらとまったく生きた心地がしなくて……」

と話が長くて、一向に先に進まない。

林太郎はヤエの消息が気になっていた。ヤエは静男の患者だった。

そこに、林太郎がじれったく思っているのを察して、提灯を貸してくれた若い女が話を継いだ。

「そのとき、いきなり頭から水をかぶって火の中へ飛び込んだ鉢巻き姿の男の人がいて、ヤエさんを脇に抱えて助け出したんです」

その説明に、林太郎はようやく安堵《あんど》できた。

「ヤエさんは今どこですか」

「商売仲間の家で、一家揃《そろ》って休んでいます。幸い、みなさん無事でした。ところが先生、その男の人が消えてしまったんですよ。自分の命も顧みず人を助けたというのに、名乗り出るどころかいなくなってしまったんです」

「怪我を負って、どこかに運ばれたのではありませんか」

「いえ、それはありません。怪我人はわたしたちには分かっていますから」

若い女は自信に満ちていた。

「そうですか」

林太郎は一安心するとともに、その男の消息が気になった。現場が少しくすぶっている中、半纏姿の男たちがさらに水をかけ、後始末に忙しく立ち働いていた。

どのくらい火事現場にいただろうか——。林太郎は急に疲労を覚えた。家に帰ることにして、もう一度あたりを見回し、怪我人のいないのを確認してその場を後にした。

三

家に近づくと診察室の明かりが見えてきた。あまりに非日常的な出来事のあとだったからか、林太郎にはこの明かりがいつもより温かく感じられた。診察室に入ると、静男が園芸の本を開いて座っていた。

「父上、ただいま帰りました」

と林太郎が言うと、静男は本を閉じ、脇に置いて言った。

「ご苦労だったな。怪我はないか」

「はい、わたしは大丈夫です。それより父上にはご迷惑をおかけしました。ずっと待っていてくださったのですか」

「ああ、いつ怪我人が運ばれてもいいようにな」

「みんなの怪我の程度は、それほどではありませんでした」

「ヤエさんは無事かな。あの人は足が悪いから心配だ」

「無事なようです。何でも火中に飛びこんで救った人がいるようです」

「そうか。安心した」

「それより父上を起こしてしまいました」

「歳をとると夜はよく眠れないものだ。影響はない。だが一段落したようだから、一眠りする」

と言いながら、静男は立ち上がり、扉に向かった。出ていこうとしたとき、急に振り返り、

「今日の林太郎の行いは立派だったぞ。思いもよらぬ事態に際して人のために動ける人間で、わたしは喜んでいる」

そう言いながら、静男は診察室の扉を閉めた。

部屋に残った林太郎は、いつになく父に褒められ、それがうれしかった。子どもの頃、藩校で優秀な成績をおさめて頭を撫でてもらったときの、あの大きな温かな父の手の感触が思い出された。

——おかしな話だ。

もう二十歳になった一人前の男が、父親に褒められてこんなにもうれしいなど、自分はどうかしていると思った。思っている以上に疲れているのだろう。

少しでも休もうと自室に戻ると、あわてて飛び出し脱ぎ捨てておいたはずの寝間着がきれいに畳まれている。母が畳んでくれたのだろう。緊急事態に母も起きて案じていたようだ。林太郎は思いがけず、父と母の愛情を感じながら、布団に横になった。だが、なかなか寝つけなかった。夜空に燃え上がる炎を見たせいか、自覚はないものの、興奮しているのかもしれなかった。

そのとき、不意に半年ほど前の火事の体験が甦《よみがえ》ってきた。

——あのときも深夜だった……。

卒業試験の最中、林太郎の下宿・上条《かみじょう》が燃えたのである。

林太郎は長く寄宿舎で生活していたが、明治十三年（一八八〇）の秋に本郷龍岡町《たつおかちょう》の下宿・上条に移った。その頃、体調がすぐれず、時折胸部に痛みを覚えていた。さらに卒業試験の準備に集中する意味でも、下宿住まいにしたのである。林太郎の世話や健康管理のため、祖母の清《きよ》が同宿した。

ところが、三月二十日の日曜日だった。深夜、十二時過ぎに出火した。火はたちまち燃え広がり、二階建ての建物が全焼した。このとき、近くに下宿していた同級生の甲野棐《こうのたすく》が駆けつけ、消火や荷物の運び出しを手伝ってくれた。越後の出身で、林太郎より七歳年上だった。優秀な人物で、後年、ドイツに留学して、東京大学医学部眼科教室で研鑽《けんさん》を積み、宮内省侍医も務めている。卒業成績は、林太郎より一つ上の七番だった。

火事の現場は深夜とあって何も見えず、それこそ炎の明かりを頼りに物を運んだ。このとき祖母清は偶然、千住に帰っていて事なきを得ていた。もし、祖母がこの火災で落命でもしていたなら、林太郎の衝撃は計り知れず、のちの人生に多大な影響を与えただろう。祖母の無事は不幸中の幸いといえた。

林太郎は、全焼した上条の焼け跡にただ立ちつくすしかなかった。焼け出された林太郎は甲野棐の下宿屋に避難したものの、ノート類が燃えてしまい、満足に勉強ができなかった。結局、卒業成績は二十八人中八番で、不本意な結果だった。

上条の火災――。返す返すも下宿の火事は苦い思い出だった。

この年――明治十四年（一八八一）、東京は火事が多発している。神田などで発生した大火は、明治期最大の大火事だった。

いつしか林太郎は眠りに落ちていた。

四

眩《まぶ》しいほどの障子の白と隙間から差し込む光に目を覚ました林太郎は、一瞬、今の状況がのみこめなかった。時計は九時を指している。ふたたび目を閉じると、火事現場で怪我人を手当てして回っている自分の姿が甦ってきた。たかだか数時間前の出来事が、もう何日も前のことのように思われる。

次第に頭が冴《さ》えてきた。熟睡したらしく、爽快感があらわれ、早速着替えると深呼吸をしながら居間へと出ていった。

家族の朝食は当然終わっていて、竈《かまど》の前に立つ母の背中に声をかけた。

「母上、おはようございます。遅くなりました」

母の峰子は振り向きながら、

「おや、林《りん》さん早いですね。お父様は、午前中は休んでいなさいとおっしゃっていましたよ」

「いいえ。それにはおよびません。今日はいつもより寝起きがいいほどです」

「まあ、若い人は頼もしいこと」

そう言いながら、峰子は味噌汁を温め始めた。

林太郎は勢いよく、母の用意した朝の膳《ぜん》を平らげ、診察室へと向かった。


橘井堂医院のいつも通りの日常が始まり、火事騒動から一週間が経った。

患者の中には、そのときの火傷の手当てのために訪れた者も数人いた。林太郎が、現場ではあくまでも応急処置で、あらためて医者に診《み》せるようにと言っておいたためだろうか。いつもより患者が多かったような気がする。あわただしく過ぎた一週間であった。

——久しぶりに今日はゆっくりできそうだ。

この休日の午後、林太郎は読みかけていた医学書がようやく読めると机に向かった。本を手にとり、目を落とした。林太郎にとって、穏やかな至福の時間が始まろうとしていた。

ところが、一ページも読み終わらぬうちに、書生の山本が、

「若先生！　若先生！」

と廊下を小走りにやってきた。

「どうした、山本」

「お休みの日に申し訳ありません。ちょっと診ていただけますか」

「急患か？」

と言いながら、すぐに林太郎は立ち上がった。

「はい、先ほど散歩をしていると、男が道端にうずくまっていました。ひどい怪我をしているので、わたしが連れてきたのですが……」

と山本がそこまで話したときには、すでに診察室に到着していた。林太郎の目は、そこに立っている男の腕に釘付けになった。火傷でただれていた。

「なんだ、これは……」

ただ事ではない二十代半ばの男の姿に、すぐに父も呼んでくるよう山本に命じた。

ほどなくしてあらわれた静男が口にした言葉は、

「なんだ、これは……」

林太郎とまったく同じであった。

「これは、さぞ痛いことだろう」

静男が語りかけると、男は声も出せずに苦痛に歪《ゆが》めた顔でうなずくばかりだった。

男の腕からは、体液が血と混ざり赤く滴《したた》り落ちている。大きく腫れた傷の奥には膿《うみ》もたまっているようだ。あのときの火傷ならば、一週間も経過しているではないか。なぜもっと早く医者に診せなかったのか。不用意な男の態度に、林太郎は怒りにも似た感情を抑えられずにいた。

静男はすぐに男の着物の袖を引きちぎり、腕をあらわにすると、

「すぐに洗浄だ」

と言って、山本に水を用意させた。

このとき、林太郎は父のてきぱきとした動きが人ごとのように見え、なぜか先ほどまでの怒りが消え、冷静になっている自分に気がついた。そして林太郎の頭の中には、一つの確信が芽生えていた。

――この男がヤエさんを助けてから姿を消した男ではないか。

いや、間違いない……。

五

患者は二十代半ばで、河井《かわい》恭介《きょうすけ》と名乗った。

悪化してしまった傷は、思った以上に厄介だった。顔をはじめ、身体《からだ》のあちこちに火傷を負っていたが、一番ひどい箇所は右腕だった。手首から二の腕にかけてただれている。肘のあたりは、骨がもう少しで露出しそうである。

静男は洗面器に用意した水で患部の汚れを丁寧に落としてから、さらに消毒作用のある生石灰水《せいせっかいすい》で洗った。特に右腕には、竹筒に吸い上げた生石灰水を患部に噴射して、化膿《かのう》した部分を洗い流し

た。そしてアルコールで入念に消毒したあと、紫雲膏《しうんこう》を塗り、晒《さらし》を丁寧に巻いていった。右腕はほとんど晒に包まれた。

治療の間、恭介は痛みに耐えかねて、うめき声を上げた。そのつど顔を歪め、身体《からだ》を波打たせた。それを書生の山本が必死に押さえつけていた。山本の額《ひたい》からは、汗が吹き出ている。

林太郎は静男とともに治療に当たりながら、

「どうしてここまで放置しておいたのだ」

と叱りつけたいところだったが、父の手前こらえていた。

静男は淡々と治療を続けながら、手を少し休め、

「これだけの火傷だ。焚《た》き火くらいでは、ここまで深い傷にはならない」

何があったのだ、と問いかけた。

しかし恭介は目を閉じ、うめき声を上げるばかりで何も答えなかった。

やがて、静男は治療を終えた。

「これでいいだろう。しばらくは毎日通いなさい」

と静男は強く念を押した。

そして、あとは林太郎に任せる、と目くばせをすると診察室から出ていった。

恭介は診察台に横になったまま、放心したように天井を見つめていた。山本はようやく恭介を離し、手拭《てぬぐ》いで汗を拭き取り一息いれた。

林太郎はあらためて恭介の様子を見た。

父が、焚き火くらいではこんな火傷は負わないと言ったのは、一週間前の火事での火傷を確信したからに違いなかった。ヤエさんを助けた人物はこの恭介だ、と思ったからこその問いかけだったのだろう。しかし、恭介は何も語ろうとしなかった。林太郎には、恭介がヤエさんを助け出した事実を隠す理由が分からなかった。危険を冒して火の中に飛び込んだのである。自慢しても誰も咎《とが》めないだろう。

——何があるのか。

林太郎には、恭介にききたいことが山ほどあった。しかし何からきいたらいいものか、まとまらない。幸い、恭介は明日からしばらくは通院する手筈《てはず》になった。

——今日のところはこのまま帰そう。

林太郎は塗り薬として紫雲膏を、化膿止めの服用薬として排膿散《はいのうさん》を処方した。

恭介は翌日から決まった時間にあらわれた。静男の厳しい指示が効いたものと思われた。だが、火事の一件について、話の進展はなかった。

恭介の通院が始まって、一週間ほどが経過した。この日、林太郎が恭介の右腕の晒をはずして、古い紫雲膏を丁寧に拭い取ると、ただれていた箇所の皮膚が乾いて修復されつつあるのが肉眼でも確認できた。林太郎はその部分を消毒し、あらためて新しく紫雲膏を塗った。

林太郎が黙々と治療する手元を見つめていた恭介が、急に、

「この塗り薬はよく効きますね」

と感心の態《てい》で言った。

「ただれていたのが治るばかりでなく、痛みも和らぐのが実感できました」

「そうですか」

林太郎は手を休めず、うなずいた。口数少ない恭介が発した、初めての会話らしい言葉が意外だった。一方で、心が通じたことを感じ、ほっと安堵する気持ちも生まれていた。

「ありがたい薬です」

恭介は感謝した。

「これは紫雲膏といって、火傷や傷によく効きますが、作るのにかなり手間と時間がかかります」

「えっ、先生が作られたのですか」

恭介は驚いて林太郎を見つめた。

「そうです。自家製です」

紫雲膏は全身麻酔を用いて世界で初めて乳癌《にゅうがん》手術を成功させた江戸時代後期の医者、華岡青洲《はなおかせいしゅう》創製の塗り薬だった。橘井堂医院では定期的に年に数回、その外用薬を患者用に手作りしていた。

紫雲膏作りの日は、静男、林太郎はもちろん、書生ばかりか、母峰子、祖母清まで総出だった。まず釜でごま油を煮て、その中に黄蠟《おうろう》（ミツバチの巣より作る蠟）、豚脂《とんし》（豚の脂肪）、当帰《とうき》（セリ科の多年草トウキの根）を投じる。さらに、主剤である紫根《しこん》を入れる。篦《へら》でかき混ぜながら火加減を調節し、紫根をどう煮るかが鍵だった。長年の勘が問われる作業である。これには静男が佐倉順《じゅん》天堂《てんどう》で修業中に習得した業《わざ》が発揮された。

最後に溶液を布袋に流し込み、自然に濾《こ》されて残った軟膏が紫雲膏だった。よく効く薬だったが、その臭いは強烈で、全身にまとわりついて容易に取れなかった。

だがこうして、恭介から紫雲膏の優れた効き目を感謝されると、油まみれの作業が報われたような気がして悪い気はしなかった。

「だいぶ良くなりましたから、これからは、三、四日に一回くらいの間隔でいいでしょう」

林太郎は晒を巻き終わって言った。

「ありがとうございます」

半身があらわになっていた恭介は腕を袖に通し、木綿の粗末な着物を整えてから、丁寧にお辞儀をした。

林太郎は恭介が衣服を身につける仕種《しぐさ》を見るともなしに眺めていた。そして初めて、この男の端正な顔つきに気がついた。顔こそ日焼けして黒かったが、眉は長く伸び、鼻梁《びりょう》は高く、唇は引き締まっていた。清潔な印象で、眼差しも柔和だった。林太郎はだんだんとこの男に親しみが湧くのを感じていた。

「河井さんは、今おいくつですか」

林太郎はそんなふうに歳をきいてみた。

「二十五歳になりました」

なったばかりです、と恭介は付け加えた。

柔らかく落ち着いた語調には、地方独特のなまりが感じられた。

その穏やかな対応に、林太郎はあの火事の日の一件を切り出してみる気になった。

「火事に遭ったヤエさんを助けたのは、あなたですね」

林太郎はごく普通の調子で問いかけた。

すると、恭介の目に緊張が走った。が、それも一瞬の出来事で、すぐに元の柔らかい眼差しに戻った。

「そうです。わたしです」

と恭介はうなずくと、

「ヤエさんはお元気かご存じですか」

とたずねてきた。

林太郎はヤエを気にかけている恭介にさらに親近感を抱いた。

「わたしの父が往診で診ています。多少火傷されましたが、大丈夫。お元気です」

「そうですか。安心しました」

恭介は初めて笑みを浮かべた。

そこで思いきって林太郎は一番の疑問を投げかけてみた。

「ところで、あなたはヤエさんを救ったのに、なぜ名乗り出ないのですか」

「それは……」

そう言って、一度言い淀《よど》んだが、観念したかのように恭介は話し始めた。

恭介の話は、幼少時から始まった。郷里は新潟だという。父親は人夫で、港に船が着くと重い荷物を担ぎ日銭《ひぜに》を稼いでいたが、それでも仕事にありつける日はまだいいほうだった。母親はいつも不機嫌で、大勢の子どもたちを叱りつけている姿しか記憶にないという。六歳になると、港湾作業者の伝手《つて》で東京の炭問屋に奉公に出された。それが千住の日光街道沿いにある店だった。

奉公先で、たった六歳の子どもにどれほどの仕事ができたというのだろう。その後の恭介の苦労は言を俟《ま》たない。しかし、時々使いに出されると、いつしか途中の神社が、恭介にとってのただ一つの安らぎの場となった。

恭介はそこでヤエと出会う。五十歳のヤエは信心深く、毎日、この神社に参るのを日課としていた。恭介と言葉を交わすようになるまでには、時間はさほどかからなかった。

恭介の着物も帯も、炭で真っ黒だった。袖はほころび、襟は穴だらけである。誰が見てもみすぼらしい身なりだった。

境内の隅で所在なげに佇《たたず》む恭介に、ヤエは同情とも愛情ともつかぬ感情を抱いたようだ。

「石の上にも三年というよ」

「三年？」

恭介は炭で汚れた黒い顔の中の、目だけを異様に光らせてきいた。

「そう。冷たい石でも三年座っていれば温まる。辛抱していれば、いつかは道がひらける喩《たと》えだよ」

ヤエの教えに恭介は黙ってうなずいた。

それから、ヤエは、

「今は辛抱だよ、お天道様が見ているよ」

といつも、わが子のように恭介を励ました。

恭介は恭介で、ヤエの期待に応えようと、

「おら、いつか自分の店を持つんだ」

といつも夢を語った。

恭介がヤエと出会って一年ほどが経った頃だった。

「おら、番頭さんから初めて褒められた」

とうれしそうに話した。

「土間の掃除が上手になったといわれたんだ」

「それは何よりだ。これからも辛抱だ。頑張るんだよ」

ヤエは恭介の頭を撫でてから手を握った。炭で汚れ、ひび割れした小さな冷たい手を握っているうちに、思わず涙が流れてきた。

そのときから、恭介は番頭から褒められた話をヤエに報告する日々が始まった。もちろん、そんな話がそうそうある訳はないが、褒めてもらいたい一心だった。喜んでもらいたい気持ちもふくらんでいた。そのうち話は大きくなる。そうして五、六年も経っただろうか。恭介は、ついに番頭に気に入られて出世し、仕入れを任されたと報告した。ヤエは疑う様子もなく、恭介を褒め続けた。

だが間もなく、恭介は神社にあらわれなくなった。

「出世話は嘘《うそ》です。わたしもいつまでも子どもではありませんから、ありもしない話でヤエさんを騙《だま》すのは気が引けました。信じて喜ぶヤエさんを見ると、申し訳なくて会えませんでした」

そして、とうとう日々の辛さにも我慢できず、炭問屋を飛び出した。その後、縁あって今の浅草の金物屋に拾われ、千住南に隠れるように住んで十年が過ぎようとしている。

「だから、ヤエさんの前には私は顔を出せないのです。ずっと騙してきた上、我慢できずに奉公先を逃げ出してしまったのですから」

ややあって、恭介は、

「ありがとうございました」

と、深々と頭を下げると帰っていった。

恭介の後ろ姿を見送りながら、林太郎はしばらく立てなかった。

六

林太郎はあとの診察を山本に任せ、そのまま自室に向かった。恭介の話の途中から、彼の顔を見られなくなっていた。

——なんとばかな！

と怒りに似た感情が湧き起こっていたのだ。

その感情は恭介に対してか、世の中に対してか、それとも自分自身に向けてのものなのか。自分の口から出た言葉に、林太郎自身が驚いていた。

恭介と歳は離れていたが、同じ二十代である。恭介が六歳で家を出た日、自分は故郷、津和野で野山を駆け回り、蝶《ちょう》を追いかけていたのか。恭介が重い炭俵を運べずに罵倒された日に、仲間を相手にふざけて笑い転げていたのか。一日の帳尻が合わず疑いをかけられ、血がにじむまで叩《たた》かれていたとき、家族で温かい夕餉《ゆうげ》を囲んでいたのか。

林太郎は、思いのやり場を見つけられずにいた。この日は夕食も半ば残し、早々に自室に籠《こ》もった。

翌朝、外出着で身を整えた林太郎は、父の前に正座して頭を下げた。

「今日は午前中だけ、時間をいただきたく思います」

静男は理由をきかず、承諾した。

昨夜、夕食を上の空で口にしていた林太郎を心配して、母峰子が様子を見にいこうとしたとき、

「いや、行かなくてよい」

と静男は制していた。林太郎と恭介が診察室で話し込んでいたことをきいた静男は、林太郎の様子をしばらく静観することにしたのだった。

林太郎は朝食を終えて、そのまま家を出ると、ヤエのところへ向かった。ヤエの命の恩人は、恭介だと教えるのはたやすい。しかしその前に、林太郎にはヤエについて、一つ明らかにしたい疑問があった。それは、散歩好きの山本が拾ってきた話である。

ヤエは火事の直後、命の恩人にお礼を述べたい、何とか探してほしいと、しきりに息子に訴えていたが、急に、もう探さないでくれと言いだしたというのだ。林太郎は単刀直入に、ヤエに疑問を投げかけた。

「ヤエさんは助けてくれた人を、もう探さなくていいと思っているとおききしました」

「はい。名乗り出たくない事情があるのでしょうから、そっとしておこうと……」

「でも、あなたの命の恩人ですよ。知りたいとは思いませんか」

林太郎は、自分が詰問するような口調になっているのを感じ、あわてて口を閉じた。

ヤエは少し思案してから続けた。

「わたしは恩人が誰なのか分かったのです」

「えっ？」

林太郎は耳を疑った。

「真っ赤な火の中から、ヤエさん、ヤエさんと呼ぶ声がきこえました。そのときは動転していて分かりませんでした。でものちになって、あの声の主を思い出しました。大人の声になってはいましたが、越後なまりではヤイときこえるのです。あの声は……」

そこでヤエは口ごもった。

「恭介さんだと分かったのですね」

「えっ、先生は恭介をご存じですか」

今度はヤエのほうが驚いてたずねた。

「わたしは恭介さんの火傷の手当てをしました。昨日、名乗り出られぬ理由もききました」

と林太郎は言った。

それからヤエは、恭介との出会いを語ったあと、

「恭介の手柄話も自慢話も、全部作りごとと知りながら、褒めてやりました。子どもの嘘など、すぐに分かるものです。でも、わたしは間違っていました。恭介の喜ぶ顔を見ると、嘘をたしなめることができず、とうとう大きな嘘をつかせることになってしまったのです。わたしこそ恭介の前に出られません」

「そうでしたか……」

林太郎は突然の訪問を詫《わ》びて、ヤエの家を辞した。

双方の事情を知った林太郎は、診察中も散歩中も、片時も恭介とヤエのことが脳裏を離れなかった。読書にさえ身が入らなかった。二人を引き合わせようとしたところで、出てくる訳はない。それぞれの思いを知らせる方法はないものか……。

何日が経っただろう。ついに林太郎は、父に打開策を相談することにした。庭に下りて花の終わった萩《はぎ》の手入れをしている父に、妙案を授けてほしいと胸の内を語った。

静男は黙って縁側に腰をおろした。林太郎は父の答えを待った。が、それは意外なものだった。

「よそ様の生き方をどうこうしようというのは、思い上がりだ」

思わず林太郎は父の顔を見た。

しかし、厳しい言葉とはうらはらに、そこには父の温かい眼差しがあった。

そのとき、秋風に変わって、今年初めての木枯らしが庭を吹き抜けたことに林太郎は気づかなかった。

そして数年後、恭介が幼い頃神社で語っていた夢を実現し、ヤエに会いにいったことも知らない。

第九話　本郷の空

一

この日、午前中最後の患者が帰ると、しばらくして、父静男が林太郎に話しかけた。

「今帰った患者だが、どうもおかしいのだ」

患者は野村恒造《のむらこうぞう》という名前で、三十八歳。役所に勤めているという話だった。

「おかしい？」

林太郎も同席していたが、特別変わった様子はなかったような気がした。

頭髪は真ん中から櫛《くし》の目もはっきりと分けていて、日焼けした色の黒い顔に金縁眼鏡《きんぶちめがね》をかけ、鼻の下には髭《ひげ》を蓄えていた。毎日手入れしているのだろう、整った口髭だった。役人らしく物腰も仕《し》種《ぐさ》も落ち着き、紺色の洋服も板についている。

「腹具合が悪いとの訴えでしたね」

林太郎は診察時を思い返していた。

「みぞおちのあたりが痛く、食欲がないとしきりに訴えていた。だが、わたしにはどうも診断がつかないのだ」

静男は野村を診察台に仰向《あおむ》かせ、腹部に手を這《は》わせて入念に触診していた。診断のつかない患者は時折いるものだ。しかし、静男はただ淡々と患者の訴えをきいて病名を探り当てようと努力している様子が見てとれた。林太郎はその対応にいつも感心させられた。

「ひとまず、平胃散《へいいさん》を出しておいた」

平胃散は消化不良や食欲不振に汎用される。害にはならず、様子を見るには無難な漢方薬だった。

「父上は以前、患者というのはなかなか本当のことをいわないものだ、といわれたのを覚えています。このたびの患者が何かおかしいというのも、そういうことですか」

「さて、それはどうか……。今のところは分からない」

静男はそう言いながら、診療録の整理を始めた。

「それはそうと、父上、スクリバ先生から連絡が入りました。明日の朝、先生に会ってきます」

「そうか。明日になったか。よろしく頼む」

半月ほど前、静男は背中に大きな腫物《はれもの》ができた患者の切除手術をスクリバに依頼したのだった。自分では手に負えない患者について、林太郎の口添えもあり、東京大学医学部のお雇い教師に診療を依頼したのである。スクリバは快く受けてくれ、腫物患者のその後は順調に経過していた。何かのときに頼りになる専門の医師に伝手《つて》があるのは、町医者にとって心強かった。

「それと、ついでといってはなんですが、名倉謙蔵《なぐらけんぞう》にも会ってこようと思っています」

名倉謙蔵は千住で骨つぎを開業している名倉家の跡取りである。東京大学医学部の別科に通っていて、林太郎より四歳年下だった。

「そうか。会ってくるか。名倉といえば、わたしは今晩、お茶に誘われていて名倉家に行く予定だ。謙蔵君は医学に馴染《なじ》んでいるかな」

静男は気にしているようだった。

「彼なりに一生懸命勉強しているようです」

林太郎の印象だった。

「それならよかった。あまり実家には帰ってきていないようで、父の弥一《やいち》さんはいろいろ心配している」

「そうなのですか」

「せっかく医学部で学んでいるのだ。実のある生活を送ってほしいと弥一さんが願うのは当然の話ではある」

「分かりました。そのあたりも含めて様子を見てきます」

「うむ。よろしく頼んだぞ」

静男はふたたび診療録の整理にとりかかった。

二

夕刻、林太郎が居間に向かうと、母の峰子がいつものように針仕事に余念がなかった。

「母上、わたしは明日、本郷に出かけますが、かねやすに用はありませんか」

本郷もかねやすまでは江戸の内、と江戸の川柳《せんりゅう》でも知られた店である。乳香散《にゅうこうさん》という歯磨き粉の販売で人気を博し、今は小間物屋として営業を続けている。林太郎が本郷に出向く際は、日用品の買物があるかどうかをきくようになっていた。

「今回は結構ですよ。ありません」

峰子は顔を上げて答えた。

「分かりました」

と林太郎は応じながら、

「父上は、今夜は白足袋《しろたび》の日ですね」

と言った。静男は名倉家の弥一と親しくしている仲であるが、茶席に臨む最低限の礼儀として白足袋を履くのだった。白足袋の日というのは、森家では、静男が茶の湯に出かけることを意味していた。

「こんな雨の夜なのに……。好きなことには天気も時間もないようですね」

峰子は半分微笑《ほほえ》みながら言った。

九月半ばを過ぎている。数日前から秋の長雨を思わせる細かい雨が降り続いていた。

「それにしても、母上。このところ白足袋の日が多くはありませんか」

日曜日に二週連続で出かけたばかりだった。石州流《せきしゅうりゅう》の茶道を嗜《たしな》んでいた静男である。名倉の茶室はくつろげる空間にちがいないが、最近、茶席の外出が少し多過ぎると林太郎は思った。

「名倉さんもお寂しいのでしょう。お茶がお好きな二人です」

仕方がないといった風情《ふぜい》で、峰子は手元の針に目を落とした。


林太郎と峰子がそんな話をしている頃、静男と名倉弥一は、名倉家の庭園の一画に建てられた草庵の一室で向かい合っていた。庭園は小堀遠州《こぼりえんしゅう》流で森家の敷地の三、四倍ほどの広さがあった。泉水を取りまいて樹木が繁り、長方形の大きな石橋が架かっている。庭木の根元には角ばった石が趣向を凝らして配置されていた。

茶室は行灯《あんどん》の光に淡く照らされている。床の間には、「一心」と墨書された軸が掛けられ、小ぶりの備前焼の花瓶に白い桔梗《ききょう》が二本、投げ入れられていた。

静男は弥一が点《た》てた茶を飲み干した。そして、型通り親指と人差し指で飲み口を拭き、手を懐紙《かいし》でぬぐって、茶碗を回し主人の前に置いた。

弥一はその茶碗を武骨で大きな手で収めながら、

「今日は疲れました。朝から夕方まで患者が途切れず、たいへんでした」

と言った。大柄な体格で、顔つきもいかついが、笑うと人なつこく、誰にも親しみを感じさせた。診察場では大旦那と呼ばれ、骨つぎの技が優れていて、気は優しくて力持ちとの評だった。「名倉の骨つぎ」として有名で、打撲、捻挫、骨折などの患者がその評判をききつけて遠方から千住を訪れていた。

「珍しいこともあるものですな。弥一さんが愚痴をこぼすとは」

静男は冗談めかして言った。

静男と弥一は、静男が千住に転居する前からの間柄で、かれこれ三、四年の付き合いだった。橘《きっ》井堂《せいどう》医院を開業してからは、さらに親密度が増していた。互いに茶の湯が趣味で、二人は馬が合ったようだった。四十七歳の静男が四歳年上だが、二人は歳の差を感じていなかった。

「痛くもなさそうなのに、痛くて仕方がないと訴える患者がいる。何か得することがあるのだろうか。おかしな人間がいるものだ」

弥一は江戸っ子らしく歯切れよく喋《しゃべ》りながら首を傾《かし》げていた。

「確かにそういう患者はいるものだ」

静男は今朝《けさ》診《み》た野村恒造の腹痛を何となく思い出していた。

「森さんのところにもあらわれますか」

「めったにいませんが、なくはないです」

「でしょうな。しかし、世の中には寂しがり屋がいる。親子の縁もなく、友だちもいない。話し相手もいないとなると、自分で病気を作ってでも医者にかかり、相手になってもらうしかないのかもしれない」

「なるほど……」

そういう理由で訪れる患者もあるのかと静男は胸に納めていた。

「まあ、どんな患者も大事なお客さんだ。これも一期一会《いちごいちえ》です。お陰で忙しくなるが、こっちは稼ぎが増えるから文句はいえませんが」

と弥一は一笑いしたものの、なぜかすぐ真顔になった。

「患者も気になるが、息子の謙蔵のことも気になっています」

「息子さんは今、東京大学の医学部で学び、いずれ跡取りとして準備はできているではありませんか」

順調この上ないと静男は思った。

「そうなのですが、家にも帰らず、相談しようにもできません。遊び惚《ほう》けていなければと気になって仕方がありません」

話にならないのですわ、と弥一は当惑気味だった。

「その点、森さんのところの林太郎さんは出来がいい。羨ましい限りだ」

「いやいや」

と静男は手を振って否定した。林太郎は卒業したにもかかわらず、将来の進路がまだ定まらず親子して思い悩んでいるのである。

「やはり、鳶《とび》に鷹《たか》は生まれません。林太郎さんは、同じ大学でも正則《せいそく》だが、うちは別科だ。それだけでも差は歴然としています」

林太郎が学んだ東京大学医学部の正則生は本科五年制だったが、別科は医師速成のために、変則として本科三年制で、半年ごとに入学できる仕組みだった。正則生がお雇い教師からドイツ語で授業を受けるのに対し、別科生には邦人教授による日本語での授業が行われた。

「謙蔵にはもっと上を目指してもらいたいのだが、本人はどう思っているのか、暖簾《のれん》に腕押しですわ」

弥一は短く刈った頭を大きな手で撫《な》でまわした。

「上?」

静男は子どもを持ったなりに親は心配の種が尽きないものだと思いながらきいた。

「そうです。これからは学問が重視される世の中になります。海外に飛び出して世界を見てほしいと思っているのです」

「海外……。留学ですか」

「そうです」

名倉家の財力なら、すぐにでも息子を私費留学させられるだろう。それに比べ、森家の家計に余裕はない。林太郎の在学中、困窮から、大学に学資の減額を願い出たほどだった。名倉家の豊かな財力とは雲泥の差があった。

「もう一服いかがですか」

弥一は茶を点てる準備に取りかかっている。

誘いを受け、静男はもう一服茶を味わい、この夜の茶席を終えた。

名倉家は千住宿の北のはずれ、日光・奥州《おうしゅう》街道、下妻《しもつま》街道、水戸街道の分岐点付近の五丁目に居を構えていた。静男はそこから自宅の一丁目まで、冷たい雨の中を帰った。帰宅の途中、茶の苦味がいつまでも口中に残っていた。

三

林太郎は本郷にある東京大学の赤門をくぐった。何気なく門の甍《いらか》を仰ぐと、雲一つない秋空が広がっていた。昨日までの秋雨は止《や》み、日本晴れだった。

大学の広々とした構内に入って、旧加賀藩邸名残《なごり》の庭園と池を左手に見ながら東方向に進んだ。やがて、右側に懐かしい寄宿舎棟が眺められる。突き当たりは医学部本部棟で、さらに奥に進んだ。構内の東側隅の一画に教師館が建ち並ぶ。お雇い外国人の住居で、いずれもアーチ状の門のある洋館だった。

林太郎はこれまで何度もスクリバの家を訪れている。玄関前に犬小屋があり、シェパード犬が繋がれているのがスクリバ邸である。狩猟が趣味のスクリバの飼い犬だった。

スクリバは日本近代外科の父といわれるほど外科の分野で功績があったが、場合により、皮膚科、眼科、裁判医学も教えていた。林太郎はスクリバがドイツから持参した原書を借りて、研究の機会を与えてもらっている。この日も返却する本を持参していた。

すぐに応接室に通され、ほどなくスクリバが普段着であらわれた。飾り気がなく、性格は豪放で、日頃から大学の助手を自宅に招いて世間話をした。林太郎にも分け隔てがなかった。

医学部長より力のあるのがお雇い外国人である。そんな相手に医学ばかりでなく、気兼ねなくよもやま話ができ、林太郎は楽しくもあり、心強くもあった。

林太郎は挨拶ののち、持参した診療録をスクリバに示した。静男がまとめた経過報告書を、林太郎がドイツ語に翻訳していた。

スクリバは週三回、午後に自宅で患者を診ている。授業もさることながら、外来も重んじていたので、静男から紹介のあった腫物患者の状態に関心を寄せていた。

スクリバはしばらく真剣な眼差しで診療録に目を落としてから、

「具合はいいようだな」

と満足そうにうなずいた。

「この調子で治療を続け、その後の経過をまた報告してほしい」

スクリバはそう念を押すと、診療録を大事そうに林太郎に返却した。

それから、急に表情をやわらげ、

「今日もシェパードの訓練を見ていくかね」

と問いかけた。

「いいえ。残念ですが、今日はこのあと予定がありますので、またの機会にお願いします」

「そうか」

スクリバは残念そうだった。

林太郎は出された紅茶を飲み干し、この日も何冊かドイツ語の医書を借りてスクリバ邸を後にした。

その足で、名倉謙蔵の下宿先に向かった。赤門前の大通りを渡った住宅地の中に謙蔵の下宿はあった。父親の弥一が親しくしている人物の邸宅にある離れを借りているのだった。林太郎が下宿屋・上条《かみじょう》で一間を借りていたのとは比較にならないほどの贅沢《ぜいたく》さだった。

林太郎が訪ねると、謙蔵は広い座敷で横になって本を読んでいた。

「勉強中だったかな」

林太郎が話しかけると、

「いえ、貸本屋の草紙《そうし》です」

と謙蔵は間が悪そうに笑いながら起き上がった。人なつこいところと体格の良さは父親ゆずりだった。

林太郎と謙蔵は、父静男と弥一が親しく交流している関係で自然に話をするようになった。林太郎は年上でもあり、謙蔵を弟のように感じていた。医学生というより、まだあどけなさが残る少年に見えた。

「千住には時々帰っているのかな」

林太郎がたずねる。謙蔵はひと月以上自宅に帰っていなかった。

「いえ、それがなかなか……。父からはドイツ語を習得しろと矢の催促なのです」

謙蔵は辟易《へきえき》しているのか顔を歪《ゆが》めている。

「わたしはドイツ語が苦手です。ですから、別科なのです。もし得意なら林太郎さんのように正則生になりましたよ」

林太郎は進文学社《しんぶんがくしゃ》に通ってドイツ語を学び、正則生として合格した。謙蔵も塾に少し通ったが、長続きはしなかったようだ。林太郎が卒業したこの年に入れかわるような形で別科に入学していた。

別科生は別名、通学生と呼ばれた。正則生が寄宿舎生活を基本とするのに対して、別科生は自宅や下宿から医学部に通学していた。あらゆる部分で正則生と別科生は違っていた。

「ドイツ語のこともあるが、お父上は謙蔵さんに会いたいはずだ」

「それはそうなのですが……」

謙蔵は気乗りしないようだった。

「元気で学んでいるところを見せるだけでも、お父上は安心すると思う」

授業料を払ってもらえるだけで恵まれているはずだが、それは口にしなかった。

しばらく雑談を交わしてから、

「ところで、授業で分からないところはあるかな」

と林太郎はきいた。謙蔵は大学に進む前から、勉学面で理解できない部分があると林太郎に尋ねていた。頼りにされているのだった。

「ありがとうございます。今のところありません」

謙蔵は感謝の意を示した。

「それならいいが、とにかく、早めに一度帰宅することだ」

そう言いおいて、林太郎は謙蔵の下宿先を後にした。

林太郎が橘井堂医院に帰ると、静男は来客者に応対していた。

「ちょうどよかった。林太郎も一緒に話をきくといい」

客は長谷川《はせがわ》泰《たい》だった。

「ご無沙汰しております」

林太郎は挨拶しながら、さりげなく長谷川の様子を観察した。長谷川と静男は佐倉順天堂《じゅんてんどう》時代以来の同朋だが、用もなくふらりとあらわれたりはしなかった。来訪するのは、いつも何か用事があるときである。

——何の用だろう?

林太郎はもう一度、長谷川を見つめていた。

四

長谷川泰は静男に促されると、愛用の鳥打帽を脇に置いて話し始めた。

「これからお話しすることは今のところ、極秘事項ですので他言無用でお願いいたします」

丁重な物言いの中に、長谷川自身の緊張が伝わってきた。

林太郎は長谷川のひときわ強い目力で見つめられた。面長で目と口が大きく、輪郭のはっきりした顔貌である。最初に会ったときに感じた、異様な顔立ちの印象は今も同じだった。

「天皇陛下が奥羽《おうう》・北海道巡幸からお帰りの際、この千住を通られる」

長谷川はわずかに声を落としていた。

天皇は明治維新以来、新政府の政権基盤の強化策として日本各地を巡幸していた。その数、明治四十五年(一九一二)までに百回ほどを記録する。

「陛下はそのとき、この地でしばしお休みになられる予定です。万全を期さねばなりません。病人や怪我人が出る可能性もあります。ついては、森様にご協力をお願いしたいのです」

「もちろん。構いません。わたしにできることでしたら何でもさせていただきます」

静男はうなずいた。

「お通りになられる数日前になれば、陛下ご通過の日程が役所から住民に伝えられます」

「それまでは秘密なのですね」

「そうです」

「今は千住を通過される計画自体も伏せられているのですね」

「そうなのです。警備の関係もありますので」

長谷川が一段と声を低くした。

「何か不穏な動きでもあるのですか」

長谷川につられて静男の声も低くなった。

この時期、明治の新時代が始動し成長期に入りつつあった。だが、全国で自由民権運動が高まり、世情は必ずしも安定していなかった。天皇巡幸はそうした国情を踏まえて、政府にとっては、新国家建設の基盤固めとして重要視されていた行事だった。

「特別何か動きがあるわけではありませんが、万が一に備えねばなりません。わたしはこのたび、旧千住宿一帯の医療を含めた警備全般をみる大役を命じられました。ですので、ぜひ、森様のお力をお貸しいただきたいのです」

長谷川は威儀を正して頭を下げた。警視庁衛生部長の職にある長谷川に下された大任に、ひときわ緊張し、感激の様子であった。

「わたしは何をすればいいのですか」

静男は静かに問いかけた。

「陛下が千住でしばしお休みになり、ご出立されるまでのあいだ、森様には所定の場所で待機をお願いしたいのです」

「待機といいますと……」

「森様には往診鞄《かばん》をご持参の上、医療での対応をお願いします。できれば」

と長谷川は林太郎のほうに目をやり、

「若先生にもお願いいたします」

と言った。

林太郎は名指しされて自然と背筋が伸びた。

「もちろんです。わたしでよければ協力させていただきます」

「最新医学を修得された若先生です。心強く思います」

「ところで、その待機場所はどこでしょう」

静男がきいた。

「それはまだ決まっていません」

長谷川は恐縮していた。

「そうですか」

静男は深く息をついた。それは溜《た》め息《いき》のようにきこえた。

かたわらできいていた林太郎は、天皇巡幸を遂行する上での緊迫度を肌で感じた。秘密事項があまりに多かった。

今回の千住通過は奥羽方面からの帰りであった。奥羽地方は幕末期、戊辰《ぼしん》戦争の主戦場となった地域である。林太郎が想像するに、佐幕派の残党が追跡してきて事件を起こさないとも限らない。まだ警戒しても、し過ぎることはない時期だった。千住での日程が明らかにされないのはそうした背景があるからなのだろう。

「当日は、政府の高官もお出迎えに集まります。おそらく皇后さまもお迎えされると思います」

その日はこの国の貴顕《きけん》紳士が多数、千住一画に集まるのである。警護と安全を確保する重責を与えられ、長谷川ならずとも緊張するのは当然だった。

「日程などお伝えする時期がきましたら、また伺わせていただきます」

そのときにはよろしく、と長谷川は一礼し、鳥打帽を被《かぶ》ると診察室を後にした。

五

それからの林太郎は、世間を見る目が変わっている自分を自覚した。天皇巡幸の千住通過の話を耳にしなければ見過ごしたであろう出来事も、つい巡幸に結びつけてしまいがちだった。町中で起こる小さないさかいも、尊王攘夷《そんのうじょうい》派と佐幕派の残党の戦いではないか、あるいは、自由民権派と守旧派との争いではないか、などと想像した。あらぬ連想だったかもしれない。世相に敏感になったのは明らかに天皇巡幸の計画を知ったためだった。

この日の午後、林太郎は書生の山本と往診の帰りだった。秋風が街道筋に涼しく吹き抜けている。いつも通り何軒か病家《びょうか》を訪ねた帰りである。千住五丁目あたりの街区にさしかかって、このまま日光街道を進めば橘井堂医院はもうすぐだった。

そのとき、急に山本が十メートルほど前方を指さし、

「若先生、あそこを行くのは野村恒造さんではありませんか」

と言った。

林太郎は目を凝らして男を見つめた。後ろ姿はいつか診察室にあらわれたときと同じ紺色の洋服を着ていた。頭髪がきれいに撫でつけられている。身体《からだ》つきは確かに野村のように思えた。

男はかなりの速足で進んでいる。林太郎たちと距離は開くばかりである。

「あの人、名倉の骨つぎから出てきました。その横顔を見たとき、あれはどこかで見かけた、と思ったのですが、すぐに思い出しました」

山本は珍しく興奮気味だった。

「確かにあれは野村さんだ」

林太郎も確信していた。

野村恒造が橘井堂医院を訪れてから一週間ほど経過していた。胃腸の不調を訴えて静男の診察を受けた患者である。不可解なのは、名倉の骨つぎに何の用があったかだった。名倉にかかるのは、捻挫、打撲、骨折といずれも痛みにまつわる患者である。それにしては野村の足取りは軽く、速い。

この間にも野村と林太郎たちとの距離は離れるばかりだった。患者ではなく、何か別の用事で名倉を訪ねたとしか思えなかった。

橘井堂医院に戻って、林太郎はすぐに静男に野村を見かけた話をした。

黙ってきいていた静男は、

「やはり、そうか」

と一言もらした。

「やはり？」

林太郎は意外だった。

「父上はご存じでしたか」

「いや、地区の医者の集まりできいたのだが、野村さんは別の医院にもかかっているようなのだ」

「そうでしたか。では、名倉にかかってもおかしくはないのですね」

「そう考えられる。迷っているのかな」

「迷っている？」

「世の中にはそういう患者もいる。かかっている医者に全幅の信頼を寄せられればいいのだが、そうでないときもある。すると、医者の梯子《はしご》になる」

「あちこちの医者にかかるのですね」

医者の梯子は、もっといい医者はいないかと次々と訪ね歩く患者がやることだった。

「困った患者の一つともいえる。それにしても不可解なのは、野村さんが内科の医者を巡るのは分かるが、骨つぎにかかるのはちょっと解《げ》せない。怪我でもしたのかな」

「いえ、父上。野村さんはわたしたちが追いつけないほどの速足で歩いていました」

「そうか……」

静男は首を傾げながらうなずいた。

「そういえば、父上は野村さんを診察されたあと、おかしい、診断がつかない、と不思議がっておられました」

「そうなのだ。今度来たらいろいろきいてみなければならないな」

静男は胸に納めるように言った。

「ところで、今、名倉さんの話も出たが、息子が一時《いっとき》帰ってきたというのだ」

「えっ、謙蔵さんが……」

林太郎が本郷の下宿で会ってから十日ほど経っている。かなり渋っていたようだったが、帰宅したのは心境の変化か、それとも林太郎の助言が効いたのか。

「弥一さんがひどく喜んでね。そのことばかりではないだろうが、茶に誘われた」

静男はうれしそうだった。

林太郎は、またですか、と喉元まで出かかったが止めていた。

六

その夜、静男は白足袋を履いて名倉家に出かけた。茶室に迎え入れた名倉弥一は自慢の点前《てまえ》を披露した。

静男は一服味わってから、

「息子さんが帰ってこられたそうですね」

とたずねた。

「ええ。ところが話が済むと、すぐ本郷に戻りました」

「そうでしたか」

若い人は何を考えているのやら分からない。ゆっくりすればいいものを、と静男は思った。

「息子が帰りたがらない理由が分かりましたよ」

弥一は言って続けた。

「わたしは東京大学医学部に入れて手放しで喜んでいたのですが。息子は浮かぬ顔で、それどころか、行きたくないといい始める始末でした」

「何があったのですか」

「校内を歩いていると、正則生から、インゼクトと指さされるというのです」

「何ですかそれは」

静男は初めて耳にする言葉に、嫌な匂いを嗅ぎとっていた。

「何でも、ドイツ語で昆虫という意味だそうです」

「昆虫?」

「別科生への軽蔑言葉のようです。昆虫、つまり、虫です」

虫けら呼ばわりですわ、と弥一は怒りをあらわにした。

「息子は陰口をいわれてすっかりしょげ返り、学校へ行くのも嫌がっていたのです」

「そういう事情がありましたか」

学費を工面する上での難儀はあったものの、林太郎からそういった生活上の不満や悩みはついぞきいたことはなかった。

「こうした中、林太郎さんには本当にお世話になりました」

居住まいを正し、弥一は急にそんな言葉を口にした。

「うちの林太郎が何かしましたか」

静男は何もきいていなかった。

「林太郎さんは意気消沈している謙蔵に、愚か者はどこの世界にもいる、相手にするな、と励ましてくれたといいます。林太郎さんこそ生粋《きっすい》の正則生です。しかし、一切軽蔑視せず、それどころか、勉強の分からないところはないかといつも気づかってくれています」

ありがたい話です、と感謝した。

「そうでしたか……」

静男の知らない林太郎の行動だった。友だち想いを知って安心した。

「謙蔵はドイツ語が本当に苦手のようです。それで家への敷居も高かったようで、この際、息子を留学させるのは諦めました」

弥一は吹っ切れたようだった。

いつの間にか、次の一服が用意された。

「ところで、名倉さんのところに野村恒造という患者は来ていませんか」

静男は茶碗を引き寄せながらきいた。

「野村恒造？」

弥一は考える顔になった。

「林太郎が今日、お宅の門から出てくるのを見かけたというのです」

静男は野村の風体《ふうてい》を手短《てみじか》に説明した。

「ああ。あの気取った髭を蓄えた男ですね」

弥一は思いついたようだった。

「それがどうしましたか」

「野村さんはわたしのところに腹痛で受診しているのですが、その人が名倉さんのところにも受診しているのは不可解です」

「確かに。そうですか、腹痛で……。あの人はもともとおかしいのです。足首を捻挫したとしきりに訴えるのですが、どう考えてもおかしい。捻挫とおぼしき所見がないのです。うちにはよくある話ですが、わたしは処方盗みかと疑っていました」

「処方盗み……」

「名倉家一子相伝の練り薬があります。この処方を狙いにくる輩《やから》は常にいます。その手の詐病《さびょう》患者かと思っていました」

練り薬は痛みを取る黒い膏薬《こうやく》だった。接骨木《にわとこ》を蒸し焼きにしたものを時間をかけて細末化し、これに黄檗《おうばく》の粉を加えて、米から作った糊《のり》と日本酒で練りあげるのだった。

「秘伝の膏薬です。しかし、たとえ盗んだとしても意味はない。無駄です」

「どういう意味ですか」

「膏薬の処方を知ったところで、まともに骨つぎ師が務まるはずはありません。治療に必要なのは、膏薬や手技だけではない。副木《ふくぼく》の材料の選定、休養法と食べ物の指導、経過観察、何気ない会話から引き出す情報、これらに総合的に対応してはじめて傷は癒えていくものです。膏薬だけで事が済めば、これほど楽な仕事はありませんわ」

弥一は笑い飛ばした。

野村恒造については、しばらく様子を見るしかなかった。静男は一期一会の接待の礼を述べ、名倉家を辞した。

それから十日ほどが経過して、長谷川泰から連絡があり、十月十一日に行幸一行が千住で休憩するという日程を伝えてきた。三丁目で妓楼「高田屋」を営む家の本宅が御小休所と決まった。千住でも指折りの、広大で豪壮な造りの邸宅だった。

当日、静男と林太郎は邸宅の一室で緊張しつつ待機した。宿泊先の埼玉県幸手《さって》から進んできた一行は、しばし休息し、何事もなく千住を通過した。

翌日、この日も朝からよく晴れていた。朝一番に長谷川泰の来訪があった。

「昨日は待機していただきありがとうございます。お陰さまで無事、役目を終えることができました」

長谷川は明るく言うと、待合室のほうに、入れ、と声をかけた。

一人の男が入ってきた。頭髪に櫛を入れ、金縁眼鏡をかけた髭の男。野村恒造だった。

「野村には秘密裏に事を進めるように指示しましたので、森様には何かとご迷惑をおかけしました。待機役の医者を選定するため、あちこちの医療機関の内偵調査を命じました。多くの患者が集まるので、あらかじめ街道筋の風紀も確かめておくことができます」

野村恒造が医者の梯子をしていたのは情報収集だったようだ。長谷川と野村は再度、丁重に礼を言って帰っていった。

林太郎は午前の診療が一段落して庭に出た。

秋晴れの空を仰ぐと清々《すがすが》しい気分に満たされた。いつか赤門の甍越しに見た本郷の澄明な秋空を思い出していた。

名倉謙蔵はその後、明治二十二年（一八八九）に別科を卒業、骨つぎ業に専念した。その技と人気は先代を凌《しの》ぎ、患者は日本全国から訪れ、さながら門前市《いち》をなす繁盛ぶりとなった。

後年、林太郎はドイツ留学中の明治二十年（一八八七）四月十七日、ベルリンで名倉家の人物と出会っている。名を幸作《こうさく》といい、本家の謙蔵とは違い、分家筋で三等軍医だった。そのとき一度きりの邂逅《かいこう》である。まさに一期一会であった。

第十話　掃部堤《かもんづつみ》の茶店

一

川風が林太郎の頬を撫《な》でていた。川面《かわも》が秋の陽射《ひざ》しを受けて輝いている。

かたわらでは賀古鶴所《かこつるど》が板張りの床に手枕《てまくら》で横になっていた。そのそばには食べかけの葛餅《くずもち》の皿が置かれている。

「休みの日にこうしてのんびりとするのはいいものだなあ」

賀古は林太郎を見上げながら言った。

「どうも、賀古は働き過ぎのようだな。今日は少しゆっくりして英気を養うがいい」

そう言いながら、林太郎は掃部堤の茶店の葛餅を口にした。

賀古は起き上がると、大きく一つ背伸びしてふたたび皿を手にした。

「ここの葛餅は昔から変わらない味だ。蜜や黄粉《きなこ》も真面目に作っている」

賀古は感心しながら残りを頬張った。

林太郎にとっても久しぶりの味だった。賀古とこうして茶店の葛餅を一緒に食べるのは、かれこれ半年ぶりである。

「昨日不思議な夢を見た」

急に賀古が言った。

「往来を歩いていると、空から急に大きな丸いものが落ちてきて、足元で音をたてて潰れた。よく見るとぼた餅だった」

「ぼた餅?」

「丼《どんぶり》より大きなぼた餅だった」

賀古は強調した。

「現実離れしているのが夢なのだが、丼より大きいと驚いてしまう」

「目が覚めたのか」

林太郎はきいた。

「ああ。起きてしまった。だが、夢と分かってすぐに寝た」

そう言って賀古は続けた。

「朝、目覚めて急にぼた餅を思い出した」

「まさか。それで、この茶店の葛餅が食べたくなったのか」

「まあ、そんなところだ」

「単純な男だな」

林太郎は呆《あき》れながらも、賀古らしい発想を微笑《ほほえ》ましく感じた。

「夢のお陰でこんな美味《うま》いものにありつけたのだから感謝、感謝だ」

賀古は葛餅を頬張りながらうなずいた。

「その後、夫人とは上手《うま》くいっているのか」

林太郎は話題を変えてきいた。賀古は卒業の前月に結婚していた。

「まあまあだ。ただ、帰宅すると家に人がいるというのは不思議な感覚ではある」

「そうか」

林太郎は結婚生活についてまったく実感が湧かなかった。賀古は七歳年上なので、結婚しても当然の年回りだった。

「他人が迎えてくれるというのも悪くはないものだ。安心できる」

「それなら、まあまあどころか、上上《じょうじょう》ではないか」

言いながら、林太郎は賀古の新婚生活を祝いたい気分だった。それに引きかえ、林太郎自身は結婚どころか、就職先さえ決まっていなかった。だが、なぜか賀古に対しては引け目や嫉妬心のようなものは感じなかった。

「ところで、尿の出具合はどうなのだ」

賀古はこのところ尿の出が悪いと体調不良を訴えていた。そこで、林太郎は静男と相談の上、尿道炎に用いられる漢方の竜胆瀉肝湯《りゅうたんしゃかんとう》を処方したところ、排尿痛だけは軽減したのだが、尿閉にはあまり効果を示さなかった。結局、林太郎には手に負えず、東京大学医学部のお雇い教師で外科医のスクリバを紹介し、診《み》てもらっていた。

この時代、医学はまだ専門分化しておらず、泌尿器の病気は、外科の一分野として外科医が診ていた。泌尿器科として独立してゆくのは、明治三十一年（一八九八）、東京大学医学部で土肥慶蔵《どひけいぞう》が皮膚科の教授に就いてからである。

「あまりよくはない」

賀古は顔を曇らせた。

「そうか」

林太郎の懸念は払拭《ふっしょく》できなかった。

「出がよくない。子どもの頃はほとばしり出たものだが……。しばらく様子をみるしかないようだ」

賀古は声を低くしてつぶやいた。後年、スクリバの手術を何度か受けている。

「それにしても、溜《た》まった尿を出すために金属の細い管を尿道に差し入れるのだ。この痛さは尋常ではない」

思い出したのか、賀古は肩をすぼめて見せた。

「だが、こういう美味い葛餅を口にすると、少しは尿の悩みを忘れられる」

ありがたい、と言いながら葛餅を完食した。

林太郎も残りの葛餅を食べ終えた。心なしか苦味を覚えたのは賀古の病状のせいに違いなかった。

すると、急に、賀古が、

「林太郎、あれは篤次郎《とくじろう》さんではないか」

と遠方の土手を指さした。

林太郎が土手に目をやると、下駄ばき、兵児帯《へこおび》姿の三人の若者が土手の上をゆっくり、こちらに向かって歩いてくるのが見えた。土手に吹く風に着物の裾が翻っている。

「確かに篤次郎だ」

林太郎は賀古に応じながら、なぜ弟の篤次郎がこんなところにあらわれたのか不思議でならなかった。篤次郎は、林太郎同様、東京大学医学部に進学するため、本郷に下宿しドイツ語学校に通っていた。時折、自宅に帰ってくるときはいつも一人だった。このような三人連れで歩く姿を見たのは初めてだった。

三人組がさらに茶店に近づいてきた。紛れもなく篤次郎だった。

「篤次郎」

と林太郎は声をかけた。

林太郎の呼びかけに篤次郎は驚いたように顔を向け、小走りに近づいてきた。顔つきは林太郎似だが、身体《からだ》はしなやかで敏捷《びんしょう》だった。林太郎より五歳年下ながら、子どもの頃から林太郎が追いかけても容易には捕まらないほど素早かった。

「兄上、ここで何をされているのですか」

篤次郎は息を弾ませている。

「見れば分かるだろう。賀古と一緒に葛餅を食べていたのだ。篤次郎こそ、ここで何をしている」

「散歩です。秋晴れですし、仲間を誘って初めての千住散歩です」

「そうか」

うなずきながら、林太郎は篤次郎が同伴してきた二人に目をやった。篤次郎と同じ年恰好《としかっこう》である。小柄な男と痩せて長身の人物だった。

「紹介します。二人とも岡山出身です。こちらが、矢野恒太《やのつねた》さん」

と篤次郎は小柄なほうの名を言い、続けて、

「そして、津下正高《つげまさたか》さん」

と長身の男を紹介した。

二人は本郷春木町《はるきちょう》の下宿で同居しているという。篤次郎の下宿先、大学鉄門前の上条《かみじょう》とも近かった。

「わたしが東京独逸語《ドイツご》学校に通っているとき、矢野さんも一緒で知り合いました」

篤次郎がそう言うと、矢野が進み出て挨拶し、

「篤次郎さんにはドイツ語のイロハを教えていただきました。お陰で昨年末、東京大学医学部予備科に合格できました」

と言った。十七歳の矢野は黒々とした頭髪を七三に分け、眉が太かった。小顔の割には口が大きく、利かん気な印象を与えている。

「いえいえ、お世話になったのはわたしのほうです。矢野さんは岡山で、すでに医学を学んでいま

したし、いろいろ教えてもらいました」

篤次郎はそう応じると、津下のほうを紹介した。

津下は長身の腰をゆっくり折り曲げ、つり上がった細い目で、上目づかいに挨拶した。ときどき咳込《せきこ》む声は、低く陰気だった。容易に人を信用しない雰囲気が、その風貌から読み取れた。東京大学法科に学んでいる十九歳で、三人組の中では一番の年長だった。

それまで、林太郎と若者とのやりとりを黙ってきいていた賀古が、

「どうだ、ここでゆっくりしていくか」

と大声で三人を見渡した。

「せっかく千住まで来たのだから、この名物の葛餅を堪能《たんのう》するがいい」

林太郎がそう言うと、三人はうれしそうにうなずいた。

林太郎は三人分の葛餅を注文してから、賀古とともに茶店を出た。賀古は気を利かせたのか、すでに社会人になっている立場を考えたのか、茶店の代金を一人で払った。林太郎は賀古の好意を受けいれて帰途についた。

二

翌日、林太郎が往診から帰ると、静男が待ちかまえていたように、

「林太郎の留守に、篤次郎の知り合いだという学生が訪ねてきた」

と言った。

「そうですか。一人でしたか、それとも二人でしたか」

賀古とともに掃部堤の茶店で会った、昨日の学生に違いなかった。

「一人だった」

「そうですか。矢野と名乗っていませんでしたか」

あの陰気で、どこか影の薄い津下が、矢野を残して一人で篤次郎を訪ねてくるとは想像しにくかった。

「いや、違う。津下といっていた」

津下正高と名乗っていた、と静男は付け加えた。

「津下が……」

林太郎には意外だった。矢野がいては話しにくい、差し迫った用件があったのだろうか。

「どんな用件でしたか」

「分からない。顔色がすぐれないので、はじめは患者が来たのかと思ったくらいだ。篤次郎が実家に帰宅しているときいて、訪ねてきたといっていた」

「篤次郎が帰宅？　父上はきいていますか」

「いや。知らない。すぐ帰ろうとするから、伝言はないかきいたのだが、いわなかった」

「そうでしたか」

林太郎は津下の訪問意図が気になった。

「千住にまでわざわざ来たのだから、何か急ぎの用だったと思うのだが……」

静男は首を傾《かし》げながら、次の患者の準備に入った。

その夜、篤次郎が自宅に帰ってきた。たまに帰宅するのは、たいてい栄養補給か林太郎の蔵書を借用するためだった。

早速、林太郎は問いかけた。

「父上が津下に会ったそうだ。篤次郎は昼間に帰宅する予定でいたのか」

「そうなんです。ところが友人から、急に演劇鑑賞に誘われて、そちらを優先してしまいました」

津下には悪いことをしました、とすまなさそうだった。

「津下の用件は急用ではなかったのか」

「まさか家に来るとは、わたしも思っていませんでした」

「何があったのだ」

「わたしにもよくは分かりませんが、おそらく借金の件かと思います」

「借金……」

林太郎はあまりに当たり前のことに気が抜けてしまった。寄宿舎時代には、少額の金の貸し借りは日常茶飯事だった。

「以前に借金を申し込まれましたが、わたしは断りました。自分自身の生活も手一杯なのに、人に融通する余裕はありません」

「どうも、あの津下とかいう男は油断のならない人物だな。篤次郎にさえ借金を持ち出すとは」

林太郎の正直な感触だった。

「いえ、兄上。借金を申し出ているのは矢野さんのほうです」

「えっ、矢野が。本当か」

「ええ。矢野さんは相当困って、苦しんでいるようです」

「では、なぜ津下がここまで来て、矢野の代わりに借金を申し込むのだ」

「そこです。津下さんは矢野さんの手元不如意をみて、何とかしたいと思ったようです」

人助けです、と篤次郎は言った。

「そうか。津下の厚意なのか」

林太郎はその言葉を胸に納めるように口にした。津下を油断ならない人物と見たが、見かけで人を判断してはならないと反省した。

「津下さんは一肌脱ぐ性格のようです。矢野さんを下宿に置いているのも津下さんの厚意です」

「すると、矢野は津下の下宿に居候《いそうろう》しているというのか」

「そうです。矢野さんは上京して、津下さんを頼ったようです。津下さんは面識がないにもかかわらず、同郷というだけで、下宿で矢野さんの世話を始めました」

篤次郎の話によると、津下と矢野は岡山で隣村《となりむら》の出身だったという。津下の実家は庄屋の家柄で、頭脳明晰が期待され、法科に進学した。

一方、矢野のほうは代々が医者で、長男として生まれた。幼少時から優秀で、下宿しながら岡山医学教場で学んでいたが、期するところがあり、下宿先を脱走し、昨年、十六歳で上京したという。

「脱走？」

めったに耳にしない言葉に、林太郎は敏感に反応した。

「親に内緒で上京したようです。上京後、親に詫《わ》びの手紙を書いて、東京大学医学部への進学を願い出たところ、独断行動も許されたときいています」

「脱走せずとも、許可を得てから上京すればいいではないか」

「わたしもそう思います。矢野さんはとても頭の良い方《かた》なのですが、利かん気なところがあり、いったん思い込むと一途《いちず》に突っ走るようです。岡山にいてはだめだと思ったのか、あるいは……」

「あるいは何なのだ」

「日本の真ん中の都で学びたい、生活してみたいと強く憧れを抱いたのではないかとも思います」

「そうか」

地方に住む青年なら誰もが一度は抱く、東京への憧憬《しょうけい》なのだろう。津和野という山間《やまあい》の小さな城下町で育った林太郎にも理解できる発想だった。

「その矢野だが、何のために金が必要なのだ。授業料が払えないのか」

「いえ、そうではありません」

篤次郎は言いにくそうに答えた。

「なぜなのだ」

林太郎は語調を強めた。

「遊びが過ぎたためのようです」

「遊び……」

林太郎はふたたび気が抜けてしまった。寄宿舎時代、解放感や誘惑から遊びに走る学生は珍しくなかった。そして当然のように金の工面に奔走していた。矢野もその一人だったのか。弟の篤次郎が当の遊び仲間でないことに安心はしたものの、拍子抜けしたのだった。

「今度、寮に帰りましたら、津下さんや矢野さんに事情を詳しくきいてみます」

篤次郎はそう言い残し、林太郎の部屋を出ていった。

三

翌日の朝早く、賀古が突然、橘井堂《きっせいどう》医院を訪ねてきた。診察が始まったばかりの時刻だった。

「どうした、こんな時間に」

林太郎は驚きを口にした。

「思い出したことがあったものだから、一刻も早く話したくなった」

賀古はやや興奮気味である。

「この前、茶店で篤次郎さんの仲間に会ったな。その人物の件だ」

林太郎はそうきいて、矢野恒太を思い起こしていた。昨夜の篤次郎の話によれば、遊蕩《ゆうとう》で借金苦にあえいでいるという。

「矢野についての話だろう。何があった」

と林太郎は先回りしてきいた。

「矢野？」

「小柄なほうの矢野恒太だ」

「いや、違う。津下の話だ」

「津下？」

林太郎の脳裡《のうり》に、ふたたび津下の陰気で油断ならない風貌が浮かんだ。

「津下……。津下がどうした」

賀古鶴所は座り直し、

「津下正高という名前に引っかかっていたのだ。苗字をどこかできいた覚えがあった」

ようやく分かった、と言った。

林太郎は黙って待っている。

「魚住以作《うおずみいさく》からきいたことがあった」

「魚住？　同級生の……」

東京大学医学部で一緒だった。福井県出身で、林太郎より八歳年上だった。

「同級生の中でも年長者になる」

「あの男が津下に詳しいのか」

「そうなのだ。魚住の父、順方《じゅんぽう》は、福井藩主松平春嶽《まつだいらしゅんがく》から格《きわめ》の名をもらい、以後それを名乗っているほど春嶽から信頼された医師だった。その子ども以作は、春嶽にまつわる事情に詳しいのだ」

賀古はここで一息ついた。

「他方、春嶽から信頼されていた人物に横井小楠《よこいしょうなん》がいる」

「横井小楠……」

予想もしていなかった人物の名が出てきて、林太郎はおうむ返しにつぶやいていた。

肥後国《ひごのくに》出身の儒学者、横井小楠は、幕末期に開明派の松平春嶽から四度にわたり招聘《しょうへい》を受け、政治顧問として幕政改革や公武合体《こうぶがったい》推進の助言を行った。明治維新後は新政府に登用され、参与として出仕した志士の一人である。

「横井小楠と魚住や津下がどう関係するのだ」

林太郎の疑問だった。

「そこだ。林太郎も横井小楠が暗殺された事件を知っているだろう」

「もちろんだ。京都で暴漢に襲われ落命している」

横井小楠は明治二年（一八六九）一月五日午後、参内《さんだい》のあと、京都寺町通丸太町《てらまちどおりまるたまち》下ル東側で殺害された。享年六十一。襲ったのは保守的な攘夷《じょうい》派だった。かねて開国通商を唱えていた小楠が、その上、耶蘇教《やそきょう》（キリスト教）を推奨している、という誤解が暗殺の動機とされている。

小楠暗殺は世情を騒然とさせた。

「襲ったのは、刺客《しかく》六人だった。その中に岡山出身の津下四郎左衛門《つげしろうざえもん》がいた」

「津下四郎左衛門……」

「そうだ。この前、掃部堤の茶店で会った津下正高は、その四郎左衛門の長男だ」

「そうだったのか」

林太郎は津下正高を思い出していた。上目づかいで人を見る、陰気で油断ならない雰囲気があった。あの風貌は、暗殺実行犯の子という烙印《らくいん》を背負って生きてきたためかもしれない。

「賀古は津下にまつわる話を魚住からきいたのだな」

「ああ。それ以前から、東京大学に横井小楠を暗殺した人物の息子が学んでいるらしいと噂話《うわさばなし》はあった。おれは魚住から詳しくきいて、本当だと知った。その後、さして気にとめていなかったが、このたび、あの茶店での出会いで思い出したのだ」

「なるほど」

林太郎は重大事件が急に身近にあることを感じた。その暗殺犯の息子と弟の篤次郎が、矢野恒太を介してとはいえ、知り合いだというのは奇縁としか言いようがなかった。記録によれば、津下四郎左衛門は翌年十月十日、処刑された。

「林太郎、おぬしも気をつけたほうがいい」

賀古が急に声を落として言った。

「津下を見ただろう。あの男、何を考えているか分からないところがある」

「確かに」

津下は口数も少なかった。

「気をつけたほうがいい」

賀古は繰り返した。

「何をしでかすかしれない。危ない男だ。あまりかかわり合いにならないほうがいいと思う」

「そうか」

分かった、と林太郎は応じた。だが、津下は篤次郎の知り合いであって、自分には関係がない。かかわり合いになることなどあり得ないと思った。

四

数日後の午前中のことである。橘井堂医院に篤次郎が突然あらわれた。もたれかかる矢野を抱きかかえている。

その矢野の顔を見て、

——これはひどい。

林太郎は思わず胸の中でつぶやいた。

矢野の顔面は紫色に腫れあがっていて、右目の周りはつぶれて目が見えない様子だった。額や頬、唇には流れた血がこびりついていた。

「誰かにひどく殴られたらしいのです。今朝、わたしの下宿に転がり込んできました」

言いながら篤次郎は診察台に矢野を横たえた。

「どうしたのだ」

と静男は問いかけつつ傷に指を当て、もう診察を始めていた。書生の山本に冷却用の水の用意を命じた。

患部に触れられるたびに、矢野の悲痛な声が診察室にこだました。

「これはかなりの傷だ。どうしたのだ」

静男は治療しながらあらためてきいた。

矢野は利かん気の表情で、口を閉ざして答えない。沈黙がしばらく続いた。

林太郎は横から、

「津下か」

と問いかけた。先日の賀古の言葉を思い出していた。

「えっ」

と篤次郎が驚いて林太郎を見つめた。

「津下に殴られたのか」

と林太郎は語調を強めた。

それでも矢野は黙っている。

「矢野、どうなのだ」

篤次郎が焦《じ》れて問い詰めた。

やがて、矢野は唇を嚙んだままうなずいた。

「津下さんが殴る……。なぜ」

と篤次郎は理解できない様子だった。

その間、静男は淡々と治療を続けている。漢方の治打撲一方《じだぼくいっぽう》の製剤を書生の遠藤に指示していた。

「矢野、何があったのだ」

篤次郎はふたたび問い詰めた。

「わたしが悪いのです。すべて、自分のせいです」

矢野は顔を歪《ゆが》めながら、切れ切れに言葉を吐き出した。

「借金を咎《とが》められたのか」

篤次郎はきいた。

「それもあります。津下さんを怒らせてしまいました。今回はわたしの朝帰りです」

「朝帰り……」

篤次郎は気が抜けたような息をついた。

「以前から津下さんは、わたしが紅灯《こうとう》の巷《ちまた》に出入りし、散財しているのを心配してくれていました。それを無視して遊んでしまい……」

矢野は言葉が続かなかった。

「放蕩を見かねた津下さんが、鉄拳制裁を加えたというのか」

篤次郎の疑問に矢野は黙ってうなずいた。

「自業自得だ。馬鹿者」

篤次郎は吐き捨てた。

やがて治療は一段落し、静男は矢野を宿屋「俵屋」に連れていき、静かに休ませるように命じた。

矢野に対して怒りをあらわにした篤次郎だったが、気持ちを持ち直し、橘井堂医院にあらわれたときそのままに、矢野を介抱しながら診察室を出ていった。

その夜、矢野を宿屋に残して、篤次郎が帰ってきた。疲れが一気に出たのか、林太郎の部屋に入るなり畳に座り込んだ。

「どうも矢野という男は遊び癖が抜けないようだな」

林太郎は篤次郎が一息つくのを待って、問いかけた。

「独逸語学校では真面目に学び、最優秀でした。予備科に合格して気が緩んだのでしょう」

「緩むにしても程がある。郷里を脱走したり、やることが極端だな」

「そうなのですが……。田舎では決して味わえない刺激に気分が高揚し、つい羽目を外してしまったのが本当だと思います」

篤次郎は友をかばっていた。

「まあ、矢野もあの傷で少しは反省するといいのだが……。ところで、篤次郎は津下の父親にまつわる話を知っているのか」

林太郎は控えめにきいた。

「横井小楠の事件ですか」

「そうだ。知っていたのか」

「矢野からききました」

「そうか」

うなずきながら、林太郎は掃部堤の茶店にあらわれた下駄ばき、兵児帯姿の三人組の様子を思い出していた。親しげな、よくある仲のよい若者たちに見えた。

「矢野によれば、岡山の人間で、津下四郎左衛門のことを知らない者はないといいます。矢野自身、津下の息子が東京大学に在籍しているという、ただそれだけを手がかりに、津下の下宿を探して訪ねたそうです」

「矢野には津下に対する警戒心はなかったのか」

「警戒？」

「襲撃犯の息子だ」

賀古はそこを気にしていた。

「ああ、その点ですか」

篤次郎は予想していたように応じた。

「矢野に限れば、それはまったくないでしょう。学問したいという一心で、郷里を脱走したのです。津下正高に対しては、同情のほうが強いと思います」

「ほう、同情しているのか」

「犯罪者の息子という烙印を押されて生きています。兄上も津下の風貌を見たでしょう。あの顔がすべてを物語っています。矢野はそこに思いを寄せたのでしょう」

「そうだったか」

掃部堤への遠出は、津下の背景を理解した上での仲間同士の散歩だったのだ。

「するとこのたびの鉄拳制裁は、津下に非はないな」

「ありません。あれだけ殴られても、矢野はすべて自分が悪いといっています。津下を憎んではいないでしょう。初対面の矢野を下宿に同居させたことにも感謝しているはずです」

矢野と津下は信頼関係で結ばれている、と篤次郎は考えているようだ。

林太郎は、津下正高に対する警戒心は解いてもよいのかもしれないと感じ始めていた。

五

翌日、午前の診察の合間に、林太郎は静男から、

「頼みたいことがある」

と声をかけられた。

「往診でしょうか」

静男からの急な往診の依頼はよくある話だった。

「往診ではない。こっちに連れてきてほしい人がいる」

「連れてくる……。誰ですか」

患者を連れてくるのは珍しいことだった。

「津下正高といったかな、篤次郎の友だちのようだが」

「ええ。津下なら篤次郎の友だちです」

「この前、林太郎の留守にあの津下が訪ねてきた。あいにく篤次郎もまだ帰宅していなかったので、すぐ帰ってしまった。その彼を今日の午後にでも呼んできてほしいのだ」

「父上は彼を呼んで何をするのです」

林太郎は津下への警戒心を緩めかけていたが、だからといって、すべてを解いたわけではなかった。どこかにわずかながら危惧《きぐ》を感じていた。危険が父親に及んではならないと考えたのである。

「うむ。ちょっと気になることがある」

「気になる……」

「この前、小さな咳をしていた。あれは早く診察したほうがいい」

頼む、とだけ言うと、次の患者を迎える準備を始めた。

林太郎は静男の意を汲《く》み、その足で本郷に向かった。

春木町の下宿に津下は在宅していた。急にあらわれた林太郎に驚きつつも、相変わらず上目づかいの油断ならない視線を向けている。

林太郎は突然の訪問を詫《わ》びてから、診察の必要を説き、橘井堂医院にすぐ来るよう告げた。

津下は来院を拒まなかった。それより、

「矢野君はどうしていますか」

ときいた。

「彼なら治療のあと、宿屋で休んでいる」

篤次郎が付き添っている旨《むね》を説明した。

「腫れも次第に引いている。大丈夫だ」

林太郎は津下を安心させるように言った。津下が矢野の容態を心配しているのを知って、安堵《あんど》する気持ちが湧いていた。

「そうですか」

津下は安心したように息を吐き出すと、急に背中を丸めて咳込んだ。

「その咳を父は問題にしている。すぐに行こう」

林太郎は津下を促した——。


静男は入念に津下を診察した。林太郎は席をはずし、診察室には二人以外に誰もいない。

「きみなりに気づいているだろう。これは肋膜炎《ろくまくえん》だ」

静男は静かに告げた。結核の初期症状だった。

「無理は禁物だ。これからは心の持ちようが大切だ」

「心？」

津下が目を細め、上目づかいに静男を凝視した。

「きみが父を恨み、非難し、そして苦悩する心が、胸の病を悪化させる可能性がある。心身は一体だ。これが続くと、今の症状はこじれるばかりだ」

静男は篤次郎から津下父子にまつわる事件の経緯《いきさつ》をきいており、津下の体調を気づかっていたのである。

津下はしばらくうつむいて考え込んでいたが、やがて顔を上げ、目を見開いた。

「愚かな父を憎悪する以外にわたしの道はありません。父が犯罪者でなければ、わたしは普通の人生を歩めたはずです」

津下は咳込みながら訴えた。

「愚か？　確かに、父上は愚かだったかもしれない。判断力も備わらぬ、二十歳そこそこの若者だったのだろう。だが、汚《けが》れていたかな」

「汚れ……」

津下は怪訝《けげん》そうだった。

「父上は誰かに頼まれたのだろうか」

「いえ、それはありません」

「金で動いたのか」

「絶対にそれはありません」

津下は語気を強めた。

「父上は純粋だったはずだ。この国を何とかしたいという純真な気持ちだ」

どうだ、と静男はきいた。

「父は一途な人でした。身分は低いものの、卑屈ではありませんでした」

「そうか。わたしは安心した。きみは父上を慕っている。一家の非運は否定できないが、きみは父上の信念を理解すべきだ」

幕末維新期はこの国の歴史上、まれに見る激動期だった。尊王と佐幕、攘夷と開国、さらに公武合体と討幕、事態は日々刻々、目まぐるしく推移していた。静男には、津下四郎左衛門は時代に翻弄された被害者の一人ではないかと考えられた。

「きみは父上を誇りに思っていいと思う。そうでなければ父上は浮かばれない」

津下は咳込みながら、何度もうなずいた。


翌年、矢野恒太は郷里、岡山に帰った。医学を学び直し、岡山県医学校を卒業している。のちに欧州視察を経て、第一生命保険相互会社を設立した。津下正高はそこに入社し、働いている。

後年、篤次郎は津下正高を伴って林太郎の前にあらわれた。父の冤《えん》を雪《そそ》ぎたい、と願う津下の申し出をきいて、のちに森鷗外は大正四年（一九一五）、『中央公論』誌上に作品『津下四郎左衛門』を発表した。

そのとき津下自身から話をきいたのは、名物の葛餅を供するあの掃部堤の茶店であったかもしれない。

あとがき

本書は、前作『鷗外 青春診療録控　千住に吹く風』（二〇二一年八月）の続編である。

森鷗外（本名、林太郎）は東京大学医学部を卒業後、官費留学の道が叶《かな》わず、父が千住に開いた「橘井堂医院《きっせいどう》」を手伝っていた。生涯で唯一、町医者として一般診療に携わった時期だった。

鷗外は文久二年（一八六二）に生まれ、大正十一年（一九二二）に数え六十一歳で死去した。幕末維新の日本の回天期に生まれ、明治、大正と生き抜いた。本書に新選組の近藤勇や幕府軍医・松本良順、啓蒙思想家・西周、お雇い教師・スクリバ、微生物学者・北里柴三郎らが登場するのも、こうした背景があるからである。

さて、森家は鷗外の曽祖父の代に家伝薬「ろくじん散」にまつわる事件のため、お家断絶の咎《とが》めを受ける。森家に一大事をもたらした、この家伝薬「ろくじん散」とはいかなる薬なのか。

今日、この薬の成分は分かっていない。だが、鷗外の妹、喜美子の著書『鷗外の思い出』の「薬師様の縁日」の項に、わずかにこの薬の概要が窺い知れる記述がある。

「後で聞きましたら、それは何代目かの人の発明で、鹿の頭の黒焼を基にしたのだそうです。胃腸の薬で、持薬にするとのことでした。（中略）頼んだ人夫《にんぷ》に心懸けのよくないのがあって、そっと牛の頭を混ぜて持って来て、そのためにひどく面倒になったことがあるそうです。」

偽薬製造が事件の核心だった。わたしは事件もさることながら、津和野で愛用されていた「ろくじん散」がどんな薬なのか気になった。そこで、このたび本書の中で「ろくじん散」の内容を復元したつもりである。「ろくじん散」は散剤《さんざい》で、胃腸の粉薬である。散薬は病を散ずる、の意味もあり、効き目が早いという特長がある。「ろくじん散」に似た名前の伝承薬に、今日でも使われている「六神丸《ろくしんがん》」がある。丸薬《がんやく》で、心臓の薬である。似て非なる伝統薬である。「ろくじん散」に、あえて漢字を当てると、「鹿神散」「鹿仁散」などと表記されるのだろうか。

本書は、『大塚薬報』（大塚製薬の医家向け広報誌）に、「町医者・森林太郎――鷗外青春診療録控」と題して現在も連載中の作品のうち、二〇二一年三月号から二〇二三年一・二月合併号までの十話分を、このたび加筆・改稿して単行本化したものです。なお、本書では、年齢は数えで統一することにしました。

『大塚薬報』誌では、連載の機会を与えていただいた編集長・松山真理氏、編集部員の朝日美恵子氏にたいへんお世話になりました。

連載中、資料の提供やご指導をいただいた森鷗外記念会顧問・山崎一穎《かずひで》先生、東京都足立区で開業されている木村繁先生（木村耳鼻咽喉科医院院長）、秋葉哲生先生（千葉・あきば伝統医学クリニック院長）、福井県ふるさと文学館学芸員・岩田陽子氏に厚くお礼を申し上げます。

また、本書編集過程において、中央公論新社・ノンフィクション編集部の宇和川準一氏には貴重な助言と示唆をいただき深く感謝申し上げます。

最後に、資料の整理や原稿の校正で、妻をはじめとして家族の力に助けられた。記して感謝したいと思う。

昨年は森鷗外没後百年、生誕百六十年のメモリアルイヤーであった。本年は、没後百一年で、新しい出発の年とも考えられる。鷗外の魅力が広がり、研究がさらに深まることを願ってやまない。

山崎光夫

二〇二三年五月

主要参考文献

『鷗外全集』全三十八巻、岩波書店、一九七一～七五年

＊

小金井喜美子『鷗外の思い出』岩波文庫、一九九九年
小金井喜美子『森鷗外の系族』岩波文庫、二〇〇一年
森於菟『父親としての森鷗外』大雅書店、一九五五年

＊

秋葉哲生『東西医学の交差点――その源流と現代における九つの診断系』丸善プラネット、二〇〇二年
秋葉哲生『活用自在の処方解説――広い応用をめざした漢方製剤の活用法』ライフ・サイエンス、二〇〇九年
石田純郎「明治12年のコレラ流行と藤野神社古香堂――医のある風景④」『大塚薬報』二〇二〇年一〇月号
石橋長英、小川鼎三『お雇い外国人⑨　医学』鹿島研究所出版会、一九六九年
入澤達吉『赤門懐古』生活社、一九四五年
岩谷建三『津和野の誇る人びと』〈津和野ものがたり6〉津和野歴史シリーズ刊行会、一九六九年
学校法人北里研究所『北里柴三郎博士の医道論を読む』学校法人北里研究所、二〇一一年
金谷匡高「明治初期に始まる東京旧武家屋敷の牧場転用による都市空間の変容について――飯田町・番町への牧場移転集中を例として」『日本建築学会計画系論文集』七八一号、二〇二一年三月

木村繁「森鷗外・父静男と千住」足立医学会、一九九四～二〇一〇年
清瀬闊『「お玉ヶ池」散策――お玉ヶ池種痘所と三井記念病院周辺余話』中央公論事業出版、二〇〇八年
小泉榮次郎『黒焼の研究』宮澤書店、一九二一年
小関恒雄「明治初期東京大学医学部卒業生動静一覧（二）」『日本医史学会雑誌』第三六巻第三号、一九九〇年七月三〇日
財団法人矢野恒太記念会『矢野恒太伝』財団法人矢野恒太記念会、一九五七年
酒井シヅ『日本の医療史』東京書籍、一九八二年
鈴木洋『漢方のくすりの事典――生薬・ハーブ・民間薬』医歯薬出版、一九九四年
鈴木要吾『蘭学全盛時代と蘭疇の生涯』東京医事新誌局、一九三三年
武田尚子『ミルクと日本人――近代社会の「元気の源」』中公新書、二〇一七年
武智秀夫「鷗外の父、森静男のこと」『図書』一九九四年一〇月号
多田文夫『森鷗外と千住』〈史談文庫6〉足立区郷土史料刊行会、二〇〇八年
名倉弓雄『江戸の骨つぎ』毎日新聞社、一九七四年
長谷川泉編『森鷗外の断層撮影像』〈『國文学 解釋と鑑賞』臨時増刊号〉至文堂、一九八四年
平川祐弘編『森鷗外事典』新曜社、二〇二〇年
宮島幹之助編『北里柴三郎伝』北里研究所（岩波書店発売）、一九三三年
宮永孝『ポンペ――日本近代医学の父』筑摩書房、一九八五年
宗像和重『投書家時代の森鷗外――草創期活字メディアを舞台に』岩波書店、二〇〇四年
森静男百年忌実行委員会編『鷗外の父 森静男の生涯』森静男百年忌実行委員会、一九九五年
矢内信悟「森鷗外と佐藤元萇の千住に於ける関係について――佐藤元萇の日記と千住関係史料」『鷗外』一〇九号、森鷗外記念会、二〇二一年六月三〇日

矢内信悟「森鷗外と佐藤元萇の千住に於ける関係について（その2）――森鷗外と佐藤元萇と安藤昌益と」『鷗外』一一〇号、森鷗外記念会、二〇二二年一月一九日
矢澤好幸『酪農乳業の発達史――47都道府県の歴史をひも解く』一般社団法人Jミルク、二〇一九年
山崎一穎『森鷗外　明治人の生き方』ちくま新書、二〇〇〇年
山崎一穎『森鷗外　国家と作家の狭間で』新日本出版社、二〇一二年
山崎一穎『森鷗外論攷　完』翰林書房、二〇二一年
山﨑國紀『評伝　森鷗外』大修館書店、二〇〇七年
山崎光夫『日本の名薬』東洋経済新報社、二〇〇〇年（増訂して文春文庫、二〇〇四年）
山崎光夫『ドンネルの男　北里柴三郎』上・下巻、東洋経済新報社、二〇〇三年（『北里柴三郎　雷《ドンネル》と呼ばれた男』と改題して中公文庫、二〇〇七年）
山崎光夫『明治二十一年六月三日　鷗外「ベルリン写真」の謎を解く』講談社、二〇一二年
山本俊一『日本コレラ史』東京大学出版会、一九八二年

＊

警視庁史編さん委員会『警視庁史』第一・明治編、警視庁史編さん委員会、一九五九年
順天堂編『順天堂史』上・下巻、学校法人順天堂、一九八〇・一九九六年
東京大学医学部創立百年記念会・東京大学医学部百年史編集委員会編『東京大学医学部百年史』東京大学出版会、一九六七年

東京都足立区千住の「森鷗外旧居橘井堂跡」碑　周辺地区の再開発にともない一時撤去されていたが、2020年12月、現在の場所（千住１－30－３）に設置された（2021年６月撮影）

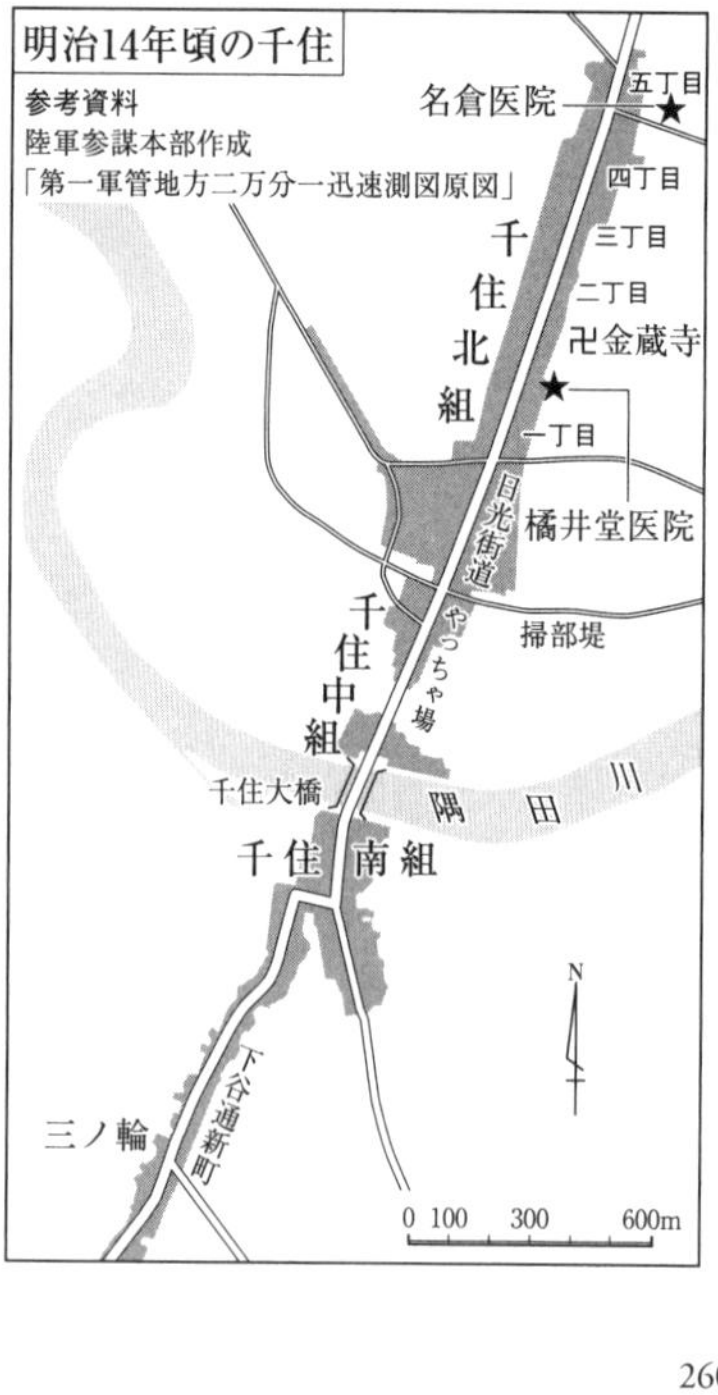

森林太郎（鷗外）と潤三郎　明治14年（1881）5月23日、浅草の写真館にて撮影（文京区立森鷗外記念館所蔵）

装画　川上澄生「明治風俗１」（表１）
「地球儀・地理書・洋燈・砂時計」（表４）
（いずれも鹿沼市立川上澄生美術館所蔵）

装幀　中央公論新社デザイン室

山崎光夫（やまざき・みつお）

1947年、福井市生まれ。早稲田大学卒業。放送作家、雑誌記者を経て小説家に。1985年『安楽処方箋』で小説現代新人賞、1998年『藪の中の家 芥川自死の謎を解く』で第17回新田次郎文学賞を受賞。医学・薬学関係に造詣が深い。小説に『精神外科医』『風雲の人 小説・大隈重信青春譜』『小説曲直瀬道三 乱世を医やす人』『北里柴三郎 雷（ドンネル）と呼ばれた男』『殿、それでは戦国武将のお話をいたしましょう 貝原益軒の歴史夜話』『鷗外青春診療録控 千住に吹く風』など多数。ノンフィクションに『戦国武将の養生訓』『薬で読み解く江戸の事件史』『胃弱・癇癪・夏目漱石 持病で読み解く文士の生涯』『明治二十一年六月三日 鷗外「ベルリン写真」の謎を解く』など。

鷗外《おうがい》青春診療録控《せいしゅんしんりょうろくひかえ》
——本郷《ほんごう》の空《そら》

2023年6月25日 初版発行

著 者 山《やま》崎《ざき》光《みつ》夫《お》

発行者 安部順一

発行所 中央公論新社

〒100-8152 東京都千代田区大手町1-7-1
電話 販売 03-5299-1730 編集 03-5299-1740
URL https://www.chuko.co.jp/

DTP 今井明子
印 刷 図書印刷
製 本 大口製本印刷

© 2023 Mitsuo YAMAZAKI
Published by CHUOKORON-SHINSHA, INC.
Printed in Japan ISBN978-4-12-005664-2 C0093

定価はカバーに表示してあります。
落丁本・乱丁本はお手数ですが小社販売部宛にお送りください。
送料小社負担にてお取り替えいたします。

●本書の無断複製（コピー）は著作権法上での例外を除き禁じられています。
また、代行業者等に依頼してスキャンやデジタル化を行うことは、たとえ個人や家庭内の利用を目的とする場合でも著作権法違反です。

山崎光夫 著

鷗外 青春診療録控

千住に吹く風

橘井堂《きっせいどう》医院には今日も子細ありげな患者が訪れる――。明治十四年（一八八一）に東京大学医学部を卒業後、父の診療所を手伝う森林太郎《りんたろう》（鷗外）。ドイツ留学を熱望し、みずからの進路について煩悶しつつも、市井の一医者である父の姿に「理想の医療」のあり方を見出してゆく。〝青年医〟の人間的成長を描く連作短篇集。

単行本